Seducida por un príncipe

Robyn Donald

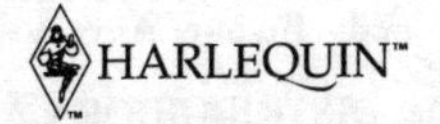

Editado por HARLEQUIN IBÉRICA, S.A.
Núñez de Balboa, 56
28001 Madrid

SEDUCIDA POR UN PRÍNCIPE, N.º 1985 - 17.3.10
Título original: Innocent Mistress, Royal Wife
Publicada originalmente por Mills & Boon®, Ltd., Londres.

I.S.B.N.: 978-84-671-7807-4
Depósito legal: B-2090-2010
Editor responsable: Luis Pugni
Preimpresión y fotomecánica: M.T. Color & Diseño, S.L.
C/ Colquide, 6 portal 2 - 3º H. 28230 Las Rozas (Madrid)
Impresión y encuadernación: LITOGRAFÍA ROSÉS, S.A.
C/ Energía, 11. 08850 Gavá (Barcelona)
Fecha impresion para Argentina: 13.9.10
Distribuidor exclusivo para España: LOGISTA
Distribuidor para México: CODIPLYRSA
Distribuidores para Argentina: interior, BERTRAN, S.A.C. Vélez Sársfield, 1950. Cap. Fed./ Buenos Aires y Gran Buenos Aires, VACCARO SÁNCHEZ y Cía, S.A.
Distribuidor para Chile: DISTRIBUIDORA ALFA, S.A.

Capítulo 1

RAFIQ de Couteveille miró directamente a Therese Fanchette, la maternal mujer de mediana edad cuya aguda mente supervisaba la seguridad de su país, una isla en el océano Índico.

Con tono ecuánime preguntó:

–¿Exactamente qué tipo de relación tiene esta Alexa Considine con Felipe Gastano? ¿Son amantes?

Therese respondió con voz neutra:

–Comparten una habitación en el hotel.

O sea que eran amantes.

Rafiq bajó la mirada hasta la foto que tenía en su escritorio. Rasgos finos, altura media, delgada, la mujer se estaba riendo con el hombre que él tenía en la mira desde hacía dos años. No parecía el tipo de mujer de Felipe Gastano, pero, pensó con frío enfado, tampoco Hani, su hermana ahora fallecida, había sido su tipo.

–¿Qué has averiguado sobre ella?

–No demasiado. Pero acabo de hablar con una fuente de información de Nueva Zelanda. He grabado la conversación, por supuesto, y haré un informe escrito una vez que haya verificado la información –Therese se ajustó las gafas y revisó sus notas–. Alexa Considine tiene veintiséis años, y en Nueva Zelanda se la conoce como Lexie Sinclair. Hasta hace un año era veterinaria en una consulta rural al norte del país. Cuando su hermanastra, Jacoba Sinclair, la modelo, y el príncipe Marco de Illyria se comprometieron, salió a la luz que la señorita Considine es en realidad la hija del fallecido dictador de Illyria.

–¿Paulo Considine?

Cuando Therese asintió, Rafiq alzó las cejas.

–¿Cómo es posible que la hija de uno de los hombres más odiados y temidos del siglo XXI haya crecido en Nueva Zelanda?

–Su madre huyó allí cuando sus hijos eran muy pequeños. Debió tener buenas razones para estar aterrada de su marido. Según los medios de comunicación, las niñas no tuvieron idea de su verdadera identidad hasta que fueron adultas.

–Cualquiera que conociera a Considine habría tenido motivos para temerle. Sigue... –dijo Rafiq con la mirada una vez más en la fotografía.

–Alexa Considine se ha pasado le último año trabajando con los campesinos de Illyria, curando a sus animales y dando clases en la Facultad de Veterinaria que ella misma ayudó a erigir bajo el patronazgo del príncipe Alex de Illyria –Therese alzó la mirada–. Parece que él aprovechó la evidente inocencia de Alexa de los pecados de su padre para romper el viejo sistema de feudos de sangre en su país.

Sí, Alex de Illyria era lo suficientemente inteligente como para manejar la situación en favor suyo, pensó Rafiq. Su mente maquinaba a toda velocidad.

Así que Felipe Gastano había llevado a Alexa Considine a Moraze. ¿Qué diablos tenía en la cabeza la familia de ella que lo había permitido? Los primos de

Alexa Considine eran sofisticados hombres de mundo. Debían saber que Gastano era un hombre peligroso, y que usaba su inteligencia, su atractivo y el marchito glamour de un título nobiliario ficticio para encandilar a la gente. La prensa del corazón decía del conde Felipe Gastano que era un gran amante. Rafiq conocía a una mujer que se había suicidado después de que Gastano le arrebatase el respeto a sí misma seduciéndola y luego introduciéndola en las drogas.

Tal vez Alexa Considine tuviera algo de su padre en sus genes. A pesar de su trabajo a favor de los campesinos, quizás fuese un estorbo para la familia real de Illyria.

Posiblemente no necesitase protección, porque ella sabía muy bien cómo cuidar de sí misma...

Pero él tenía que tener más información para ver cómo sacarle más provecho a la situación.

–¿Alexa Considine y Gastano son amantes desde hace mucho tiempo?

–Desde hace unos dos meses.

La mirada oscura de Rafiq se fijó en el atractivo rostro de su enemigo. Dudaba que Gastano sintiera algo más que cínica lascivia depredadora por cualquier mujer. Tenía fama de orgulloso. Siempre había exigido belleza en sus amantes.

Pero Alexa Considine, Lexie Sinclair, no era bella. Atractiva, sí, incluso muy atractiva, pero no tenía la descarada sensualidad que solía buscar Gastano.

Entonces, ¿por qué la había elegido para que calentase su cama?

Rafiq frunció el ceño y estudió la foto de la mujer que iba del brazo de Gastano. Había sido tomada en una fiesta en Londres. Y ella estaba riendo mientras miraba la cara atractiva de Gastano.

Hijo ilegítimo de un aristócrata, el hombre había asumido el título de «conde» después de que el conde real, su hermanastro, hubiera muerto de una sobredosis. Era posible que Gastano hubiera pensado que los contactos de Sinclair con los ricos y poderosos Considine, aunque se hubieran malogrado, podrían darle el nivel social que había buscado toda su vida.

Eso tenía sentido.

Y ahora la arrogancia de Gastano y su convicción de que no sospecharían de él, lo habían puesto en manos de Rafiq.

Rafiq miró con escalofrío hacia el emblema de su familia que había en lo alto de la pared. Se trataba de un caballo con una corona con un brillo carmesí, que simbolizaban los preciados diamantes de fuego encontrados sólo en Moraze.

Rafiq dejaría de ser el hijo de su padre, o el hermano de Hani, si no aprovechaba aquella situación.

La venganza era una ambición desagradable, pero no permitiría que la muerte de Hani hubiera sido en vano.

En cuanto a Alexa Considine, era posible que hubiera sido inocente antes de conocer a Gastano, aunque le parecía poco probable. Su hermanastra había trabajado en el notorio mundo amoral de la pasarela, así que tal vez Alexa Considine tuviera una actitud moderna en cuanto al sexo, y hubiera tenido una serie de amantes.

Pero si no era así, él le haría un favor. Felipe Gastano era un amante poco considerado, y una vez que su mundo empezara a desmoronarse, él haría todo lo posible para salvarse. Y ella estaría más segura fuera de escena.

Además, pensó Rafiq con fría satisfacción, le daría gran placer quitársela a Gastano, para demostrarle al muy canalla, antes de que la trampa se cerrase a su alrededor que su poder y su influencia tenían límites.

Decidido, dijo:

–Esto es lo que quiero que hagas.

Madame Fanchette se inclinó hacia adelante, frunciendo el ceño mientras él le daba las instrucciones. Cuando Rafiq terminó, ella dijo serenamente:

–Muy bien. ¿Y el conde?

–Obsérvalo de cerca. Pon a tu mejor gente en ello, porque es cauteloso como un gato.

Rafiq se puso de pie y caminó hacia la ventana. Miró la ciudad que se extendía abajo.

–Pero, afortunadamente, también es un hombre con una enorme autoestima, y un sofisticado desprecio por la gente que vive en pequeños y aislados países, lejos del libertinaje del mundo en el que acecha.

Rafiq miró a la mujer con vestido color crema a través de ojos entrecerrados. El vestido tenía un corte bien ideado para que mostrase las piernas y destacase su cintura estrecha y sus pequeños pechos erguidos. El vestido de seda evidentemente llamaba la atención masculina. Pero la cara de Alexa Considine no hacía juego con la pronunciada sensualidad de la prenda.

Las fotos no habían mentido; ella no era una belleza de primera, pensó Rafiq desapasionadamente, aunque como cualquier mujer de las que asistían a la inauguración oficial del hotel más lujoso y exclusivo de Moraze, Alexa Considine estaba soberbiamente arreglada. Estaba muy bien maquillada y su cabello castaño dorado tenía un corte que realzaba sus facciones. Y podía decirse que ella llamaba la atención, no sólo por el vestido, y tampoco porque estuviera sola.

Gastano, Rafiq notó, estaba al otro lado de la habitación, coqueteando con una estrella de cine de cierta notoriedad.

Interesante...

A diferencia de las otras mujeres, Alexa no llevaba joyas. Y tenía un aire inocente, como si nadie hubiera besado aquella tentadora boca, lo suficientemente sensual como para que cualquier hombre de sangre caliente fantasease con rozarlos.

Rafiq sintió que su ingle se tensaba. Controló la punzada de deseo y miró con detenimiento aquella cara de elegante estructura ósea y expresión impasible. Era muy poco probable que sus facciones mostrasen la verdad. La fuente de información de *madame* Fanchette en Nueva Zelanda había dicho que Alexa no tenía ninguna aventura, pero eso no quería decir que ella fuera inocente.

Y ciertamente ella era la querida de Felipe Gastano, así que ese aire serio y poco mundano tenía que ser falso, un mero truco que le venía dado por la genética.

No obstante Rafiq se sintió atraído por aquel aire de autodominio de la mujer. Era un desafío.

¿Cómo sería desbaratar la compostura de aquellas facciones, provocar un brillo de deseo en sus ojos, sentir aquellos labios amoldarse a sus...?

Le llevó una gran fuerza de voluntad apartar sus ojos de Alexa Considine y fingir mirar a la multitud.

Rafiq había controlado personalmente la lista de invitados, y todos lucían su más alta sofisticación como carta de presentación.

Alexa, de pie en aquel salón lleno de gente, estaba atrayendo miradas. Rafiq tuvo que controlar un perturbador deseo de pasar entre la gente y sacarla de allí.

Mientras él la observaba ella se dio la vuelta y caminó hacia la puerta que daba a la noche tropical. Al pasar, la luz de las arañas iluminaron los reflejos dorados de su pelo.

Gastano miró desde el otro extremo, dijo algo a la estrella de cine y salió en busca de su querida. Rafiq tuvo que reprimir la rabia que lo impulsó a seguir a Gastano y se comportó como si fuera un hombre que tuviera el control total de su cuerpo.

Su servicio de seguridad se ocuparía de aquel tema, por supuesto, pero él quería ver juntos a Alexa Considine y Gastano. De ese modo sabría la verdad sobre la relación entre ellos.

Era una noche perfecta para el flirteo, pensó con cinismo: las estrellas eran tan grandes como lámparas, y en el aire se olía el perfume exótico de las flores de las granjas de Moraze.

Rafiq se detuvo en la sombra de un árbol con flores y observó al conde ir hacia Alexa Considine, y se reprimió el impulso de seguirlo para retarlo a una lucha de poder masculino.

Aquel impulso lo sobresaltó. Hasta en sus amoríos era un hombre controlado, y aquella actitud posesiva con una mujer que ni siquiera conocía, y a quien pensaba usar, era una sorpresa desagradable.

Por supuesto no podía ser algo personal... Bueno, lo

era, pensó con rabia. Pero era entre él y Gastano, se dijo.

Notó la reacción de ella cuando se acercó el conde, y buscó en su rostro alguna emoción que le revelase algo.

Aunque Rafiq tenía la paciencia de un cazador, debió hacer algún leve movimiento que llamó la atención de la mujer, porque ésta alzó la mirada por encima del hombro del conde. Sus ojos se agrandaron momentáneamente, pero luego pestañeó.

No fue un gesto de miedo ni de sorpresa, sino probablemente una señal de alerta.

Pero no tenía que temer nada. Aquella mujer parecía controlar muy bien sus reacciones. No tenía que preocuparse por sus sentimientos. Ella los controlaba totalmente.

Tenía una expresión distante en el momento en que Gastano bajó la cabeza hacia ella.

La voz del conde era demasiado baja para poder escucharla, pero su tono inconfundiblemente íntimo.

La mujer alzó la voz.

–No, no he cambiado de idea.

El conde volvió a hablar, y entonces Rafiq pudo escuchar unas pocas palabras. Se puso rígido.

En inglés el conde dijo:

–Ven, no te enfades, muchacha querida –y la miró significativamente.

Ella hizo un comentario crispado y pasó por delante de él en dirección a Rafiq.

–Hola –dijo ella en inglés–. Soy Lexie Sinclair. ¿No hace una noche maravillosa? –sin darle tiempo para contestar, se giró para incluir al conde en la conversación y preguntó en tono agradable–. ¿Se conocen ustedes?

Era muy buena en destrezas sociales, pensó Rafiq.

En voz alta Rafiq dijo:

–Por supuesto –no le dio la mano sino que inclinó la cabeza a modo de saludo–. Gastano...

–Ah, señor, ¡cuánto me alegro de volver a verlo! –dijo el conde con tono falso–. Debo felicitarlo por esta gran inversión. Puedo decirle desde ya que este hotel será un gran éxito. Ya he conocido a dos estrellas de cine que lo han puesto por las nubes, y al menos un miembro de la casa real está planeando traer aquí a su querida unos días.

Miró a la mujer y siguió hablando:

–Alexa, te presento a Rafiq de Couteveille. Él es quien dirige esta encantadora isla, y a sus ciudadanos. Pero te advierto que tengas cuidado con él. Es un rompecorazones. Señor, ésta es Alexa Considine, quien prefiere que la llamen Lexie Sinclair. Quizás ella pueda decirle por qué.

Con una inclinación de cabeza a ambos, Gastano se fue adentro.

Rafiq se dio cuenta de que ella estaba enfadada. Tomó su brazo, e ignorando su sobresaltada resistencia, caminó hacia el borde de la terraza con escalones de piedra.

Una mezcla de irritación y aprensión había llevado a Alexa a tomar la decisión de usar a aquel extraño. Si hubiera sabido que él era el heredero gobernante de Moraze no se habría atrevido. Probablemente hubiera roto el protocolo. Él había sido amable al ignorar su falta de modales.

Entonces, ¿por qué había sentido ella que su acercamiento a él había puesto algo peligroso en acción?

Alexa reprimió unas ganas terribles de salir corriendo y lo miró de lado. Dejó escapar una profunda exhalación.

La luz de la luna resaltaba el rostro anguloso de Rafiq de Couteveille.

Era muy atractivo, pensó ella con involuntario interés. Su corazón se aceleró. Tenía un aire distinguido e intimidante con aquel traje de noche a medida. A su lado, el glamour de Felipe parecía superficial.

–Es un honor conocerlo –dijo ella.

–Mi nombre es Rafiq –le sonrió clavándole sus ojos oscuros.

El latido del corazón de Lexie se aceleró más aún, y ella sintió que el estómago se le encogía. Tratando de controlar su reacción, intentó recordar qué había leído sobre el hombre que gobernaba aquella isla pequeña e independiente.

No recordó mucho. No aparecía en los titulares, ni en la prensa del corazón. Felipe se había referido a él con desprecio como «el falso príncipe de un lugar insignificante a miles de kilómetros de la civilización».

Pero el desprecio de Felipe por aquel hombre era un error. Rafiq de Couteveille tenía un aura de poder que se basaba en una formidable seguridad masculina.

Su mente intentó apartarse del recuerdo de aquella mañana, cuando, cansada del viaje desde Europa, había descubierto que Felipe había organizado una estancia de una semana con ella en la misma habitación.

Había sido un shock. Ella ya había decidido que no estaba enamorada de Felipe, y su regreso a Nueva Zelanda terminaría con su relación entre ellos.

El viaje de una semana a Moraze había sido planeado como unas vacaciones en las que ella quería estar sola, siete días para que ella pudiera reorientar su vida hacia su profesión de veterinaria rural en Northland. Había sido una sorpresa que Felipe la hubiera ido a esperar al aeropuerto. Y cuando habían ido al hotel donde se alojaba él, y los habían llevado a una suite con flores por todas partes, y con una botella de champán en un cubo plateado, ella se había dado cuenta, con incomodidad y desagrado, que él había preparado todo para seducirla.

No obstante había tratado de actuar civilizadamente, y le había dicho educadamente que no, que no compartiría aquella fantasía sensual con él.

Él no había discutido. Felipe no discutía nunca. Se había tomado su rechazo con deportividad y había dicho que no importaba, que él dormiría en uno de los cómodos sofás. Había sido entonces cuando se había enterado de que él había cancelado la reserva que ella había hecho para ella sola en un hotel más modesto, algo más alejado. Y cuando había querido solucionar las cosas, le había resultado imposible conseguir una habitación individual en el hotel de Felipe. Era temporada alta y todos los hoteles estaban llenos, le habían dicho.

No había sido la primera vez que Felipe había sugerido que hicieran el amor, pero antes sólo había habido alguna leve insinuación, por lo que ella nunca se había sentido presionada.

No obstante a ella le había sorprendido que él aceptase su rechazo de tan buen grado. Le daba cierta desconfianza... Oh, ella no tenía miedo, pero en aquel momento que estaba lejos de su hogar, se sentía vulnerable, mientras que antes siempre se había sentido cómoda con Felipe.

Bueno, casi siempre.

Felipe la había convencido de que lo acompañase a la fiesta, y luego la había dejado sola a la media hora. Ella no había entendido su actitud, a no ser que hubiera sido una especie de castigo. Una especie de venganza.

Se sintió más incómoda aún, porque se sentía fuera de lugar en aquel sitio, con aquellas caras que había visto en los periódicos y en las revistas del corazón. Otros eran totalmente extraños.

–¿Se encuentra bien? –le preguntó el hombre que tenía al lado. Su voz pareció acariciar su piel como el terciopelo.

–Sí, por supuesto –contestó ella.

–¿Debería disculparme por molestarla a usted y a su amigo? –preguntó Rafiq de Couteveille.

–No, en absoluto –contestó ella demasiado rápido. Miró hacia el estanque. Luego miró a Rafiq.

Y sintió un escalofrío. Él también estaba mirando el estanque. Su perfil era imponente.

Felipe y él eran muy atractivos, pero la diferencia entre ellos no podía ser más grande.

Felipe la había encandilado. Después del esfuerzo que le había llevado que los illyrios le dieran su aprobación, él la había aceptado sin comentarios, la había hecho reír, le había presentado a gente interesante...

Y hasta el día en que le había presentado el hecho consumado de aquella cama doble, ella lo había considerado una buena persona. Tal vez debería haber visto las señales antes.

Ahora se preguntaba si lo conocía en realidad.

–Le sucede algo. ¿Puedo ayudarla? –preguntó Rafiq.

¿Cómo lo había adivinado?, se preguntó ella.

–Estoy bien –dijo ella bruscamente. Después de todo, ella no conocía a ese hombre.

–¿Conoce bien a Gastano?

–Lo conozco desde hace un par de meses –respondió ella.

–Parece que está a punto de comprometerse con él.

–¿Qué? No sé de dónde saca eso –comentó ella, sorprendida.

Él la estaba mirando fijamente.

–¿No le resulta interesante la idea de domar a un hombre como ése?

–No me resulta interesante la idea de domar a ningún hombre.

Y no dijo nada más. Porque aquélla era una conversación un poco extraña como para tenerla con un hombre a quien no conocía.

–Se supone que es un deseo femenino universal –observó él.

Al parecer, a Rafiq de Couteveille le resultaba divertido aquello, pensó ella.

–¿Qué le hace pensar que estábamos a punto de comprometernos?

–Lo oí en algún sitio. Quizás haya sido un error de quien lo haya comentado, o yo lo entendí mal... Entonces, ¿cuál es su deseo?

Lexie sintió una punzada de excitación. Él estaba coqueteando con ella...

Ella pensó que lo mejor sería marcharse. Pero la

idea de aquella habitación con una cama doble era como una amenaza.

Lexie sonrió.

Él curvó los labios, pero no le devolvió la sonrisa.

¿Se daría cuenta de lo que le estaba pasando a ella?

Rápidamente, antes de que hiciera una tontería y se pusiera de puntillas y lo besara, Lexie agregó:

–Sólo una tonta le contaría a un hombre su más íntimo deseo.

–Mi más íntimo deseo en este momento es descubrir cómo sabe tu boca –respondió él, tuteándola.

Lexie se quedó helada y lo miró.

Él sonrió.

–Pero no si eso va contra tus principios –agregó Rafiq cínicamente.

–No... Bueno –ella titubeó.

–Entonces, ¿lo probamos?

Él tomó su silencio por asentimiento y bajó la cabeza para besarla.

Fue un beso suave al principio.

Pero cuando ella se derritió en sus brazos él la besó más profundamente.

Sobresaltada por su propio deseo, casi se entregó a la adrenalina que la quemaba.

Ella sintió la sutil flexión del cuerpo de Rafiq, y supo que él también quería aquello.

Ella intentó agarrarse al último resto de cordura. Pero cuando él levantó la cabeza y dijo:

–¿Quieres que nos adentremos en el jardín?

Ella tuvo que hacer un esfuerzo sobrehumano para rechazar su sugerencia.

–No –contestó.

Rafiq la soltó y dio un paso atrás.

Ella, en estado de shock y enfadada consigo, se dio la vuelta y se marchó en dirección al salón.

–Un momento.

Ella se detuvo, sobresaltada por la orden.

Él estaba detrás de ella.

La mano de Rafiq le puso un mechón de cabello detrás de la oreja. Y aquel gesto fue como una caricia que desató su excitación.

–No estás demasiado mal –dijo él burlonamente mirando su cara colorada–. Pero una visita al aseo te vendría bien, creo –sonrió.

–Yo... ¿Vas a entrar tú también?

–No ahora mismo. Mi cuerpo no está tan bien adiestrado como el tuyo.

–Oh...

Él se rió.

Rafiq la vio marcharse y frunció el ceño al ver que uno de sus hombres pasaba por al lado de Alexa.

–¿Qué ocurre? –preguntó cuando el hombre llegó hasta él.

–Sus instrucciones han sido llevadas a cabo.

–Gracias –dijo Rafiq–. ¿Te has fijado en la mujer que pasó por tu lado?

–Sí, señor. Ella también está bajo... –hizo una pausa al ver la expresión de Rafiq. Luego continuó–: Está en el hotel con el conde Felipe Gastano.

Otro hombre se acercó a Rafiq.

–¿Ya se marcha, señor? –preguntó éste.

Rafiq sonrió. Él respetaba mucho a los hombres que se sobreponían a la pobreza y a los campos de refugiados, y aquel hombre, el director ejecutivo de la empresa de construcción que había construido el complejo turístico, era conocido por su honestidad y filantropía.

–Me temo que sí. Tengo una llamada que hacer mañana temprano.

Conversaron un momento, y cuando Rafiq se dio la vuelta para marcharse, el Director Ejecutivo le dijo:

–¿Y pensará en el tema del que hemos hablado antes?

–Lo haré –dijo Rafiq con distante cortesía–. Pero no podré tomar la decisión. Debo consultar con el alcalde primero.

–Me pregunto si no se arrepentirá alguna vez de haber entregado el poder que sus antepasados dieron por descontado.

Rafiq se encogió de hombros.

–A los ojos del mundo Moraze será una isla pequeña en el océano Índico. Pero sus pocos millones de habitantes tienen el mismo derecho a los privilegios y responsabilidades de la democracia que los de otros sitios. Y si no los quieren ahora, los querrán pronto. Yo soy un hombre práctico. Si no hubiera introducido el auto-gobierno, me habrían quitado el poder a mí o a alguno de mis descendientes.

–Ojalá todos los gobernantes fueran así –dijo el hombre–. Sé que mi hija le ha agradecido su generoso regalo de cumpleaños, pero yo también debo agradecérselo. Sé lo valiosos que son los diamantes de fuego, y el que le regaló usted es magnífico.

–No es nada... –Rafiq sonrió–. Freda y yo somos viejos amigos y el diamante es ideal para ella.

Se dieron la mano. Rafiq se quedó pensando en Alexa

Sinclair Considine, no en la mujer que había sido su amante hasta hacía seis meses. Alexa con su pelo castaño dorado y aquella boca tentadora... Y su relación con un hombre a quien él despreciaba.

Alexa ya no estaba en el salón, notó Rafiq después de echar una mirada a su alrededor.

Y Felipe Gastano tampoco.

Capítulo 2

ARRIBA, en la habitación, Lexie todavía podía oír el débil sonido de la música. Moraze era tan gloriosa como lo prometía su discreta publicidad: una gran isla dominada por una cadena de extinguidos volcanes, gastados por un viento de eones y transformados en una cadena de montañas alrededor de una vasta meseta.

Inmediatamente antes de aterrizar el día anterior, Lexie había mirado por la ventanilla del avión, buscando con la mirada los famosos caballos salvajes de Moraze. Pero no los había visto. Ante su vista había aparecido la costa, en lugar de los campos verdes que esperaba.

Ahora, de pie al lado de la puerta de cristal que daba al balcón, recordaba que el animal heráldico de la isla era un caballo con una corona...

Su mente pasó del escudo real al hombre al que simbolizaba, y sintió un calor en sus mejillas.

Aquel beso había sido escandalosamente turbador, ¡tan distinto de otros que ella había experimentado!

¿Por qué?

Sí, Rafiq Couteveille era terriblemente atractivo, con ese aire seguro y peligroso... Pero ella estaba acostumbrada a hombres atractivos. Su hermana Jacoba estaba casada con uno de ellos, y el hermano mayor de Marco, el marido de Jacoba, era deslumbrante. Sin embargo, ninguno de ellos había llamado su atención.

No eran sólo las facciones de Rafiq, esculpidas para crear un efecto de fuerza y poder. Aunque Felipe Gastano era en realidad más guapo, no tenía un ápice del carisma de Rafiq. Ella era incapaz de imaginar a Felipe montado en un caballo, dirigiendo a sus guerreros en la batalla. Pero era muy fácil imaginar a Rafiq de Couteveille en esa misma escena.

Moraze había sido amenazada por corsarios en el siglo XVIII, según la publicidad, y también se había visto obligada a usarlos para defender su independencia. Finalmente la isla había dejado aquel doble juego, pero indudablemente algo había quedado de los corsarios en los genes de su gente. Y ciertamente Rafiq tenía aspecto de guerrero, duro, decidido, despiadado si la ocasión lo exigía.

Pero fantasear con Rafiq no la ayudaba en absoluto a solucionar el problema que se le presentaba.

¿Qué diablos iba a hacer?

Deseaba confiar en que Felipe dormiría en el sofá...

Pero no lo hacía.

Si ella se acostaba en la cama tenía miedo de que Felipe lo tomase como una invitación a que la acompañase...

Finalmente tomó la decisión de ser ella quien se acostase en el sofá.

Se despertó con la música. Venía de fuera, se dio cuenta mientras se destapaba. Miró con aprensión la puerta del dormitorio. Cuando se había dormido, Rafiq de Couteveille había sido el protagonista de sus sueños.

La luz que había dejado encendida brillaba tenuemente, pero era suficiente como para iluminar una nota que alguien había deslizado por debajo de la puerta.

Lexie se destapó y corrió a verla:

Mi querida muchacha. Siento haberte incomodado. Como te ha disgustado tanto compartir la habitación conmigo, he aceptado la amabilidad de unos buenos amigos que tienen una suite aquí. Porque no tengo confianza contigo.

Felipe había firmado con una F muy elaborada.

Lexie dejó escapar un suspiro. ¡Podría haber dormido en la cama!

Finalmente Felipe había sido considerado con ella. O tal vez... recordando su comportamiento durante la fiesta, había querido volver a castigarla con su actitud.

Daba igual. El empleado del hotel le había prometido una habitación individual para el día siguiente, o sea, para aquella misma noche, se corrigió mirando el reloj.

La consideración de Felipe debería haberla aplacado, pero el comportamiento manipulador de Felipe para llevarla a la cama había sido inadmisible, y era el momento de decirle que la amistad entre ellos jamás se transformaría en otra cosa.

Ella sintió de repente una sensación de alivio al pensarlo. Y se dio cuenta de que había estado luchando todo el tiempo con la sensación de estar cometiendo un error, desde el momento en que Felipe le había ofrecido comprarle drogas.

Así que su decisión no tenía nada que ver con el hecho de que Felipe, en comparación con el hombre que la había besado, pareciera marchito.

Los besos de Felipe habían sido agradables, pero no habían sido nada comparados con el fuego que había desatado el de Rafiq.

«¡Basta!», se dijo.

Irritada, se sirvió un vaso de agua y se lo llevó a la puerta de cristal que daba al balcón.

La música, que de algún modo había desatado sus sueños, había cesado. Sólo se oía la brisa suave del viento y el rumor de las pequeñas olas en la playa.

Bebió el vaso de agua y se intentó relajar.

Era casi el amanecer, aunque no se veía luz en el cielo.

Sintiéndose la única habitante del mundo, Lexie se asomó al balcón.

De pronto tuvo la corazonada de que había alguien allí. Se puso nerviosa, e intentó tranquilizarse diciéndose que si había alguien sólo sería un vigilante nocturno.

Con un movimiento lento y silencioso, se volvió a meter en la habitación y cerró la puerta del balcón.

Pero aun dentro no podía deshacerse de aquella sensación de que la estaban observando.

Fue al cuarto de baño, dejó el vaso y se lavó la cara. No sabía cómo iba a poder dormirse.

Media hora más tarde dejó de intentarlo y decidió escribir un correo electrónico a Jacoba, su hermana.

Pero descubrió que había un problema con Internet.

Decepcionada, cerró su ordenador portátil y bebió otro vaso de agua.

Al parecer, Felipe había decidido continuar con su farsa de rechazo. Porque después del desayuno en la habitación, recibió una nota suya diciéndole que tenía que ocuparse de negocios en la capital de Moraze, y que la vería aquella noche.

Aliviada, Lexie pidió que trasladasen su equipaje a la nueva habitación, y luego organizó una excursión a las montañas, deseosa de ver los resultados del programa de protección de pájaros mundialmente conocido.

Le resultó raro encontrarse sola en aquella camioneta con una mujer que le informó de que era a la vez la guía y la conductora.

–Sólo usted hoy, *m'selle* –le dijo la mujer con tono optimista–. Conozco bien este lugar, así que si tiene que preguntar algo...

Era verdad. La mujer le dio mucha información.

Cuando llegaron al monte cubierto de hierba, Lexie miró, ansiosa, buscando la presencia de caballos.

–¿Le gustan los caballos? –preguntó la conductora.

–Mucho. Soy veterinaria –contestó Lexie.

–De acuerdo. Le contaré cosas sobre los caballos.

Lexie absorbió la información, lo que en gran parte concernía a la relación entre los caballos y el dirigente de aquel lugar.

–Siempre que los caballos prosperen, nuestro Emir lo hará también, y lo mismo sucederá con Moraze –dijo la mujer, convencida.

–¿Por qué lo llaman el Emir? –preguntó Lexie con curiosidad.

–Es una especie de broma, porque el primer Couteveille era un duque de Francia. Se metió en problemas allí, y después de un par de años de exilio encontró Moraze. Trajo una princesa árabe con él –la guía sonrió–. Sus descendientes han mantenido a salvo a Moraze durante siglos, ¡así que no le quede duda de que cuidamos a esos caballos! No queremos que ninguna otra persona se apodere de nuestra isla.

Lexie exclamó, alarmada, cuando la guía giró repentinamente el volante. La camioneta patinó, y el mundo se puso cabeza abajo después de un ruido estrepitoso. Lexie salió despedida hacia adelante, contra el cinturón de seguridad.

El motor sonaba muy mal y un fuerte olor a gasolina la forzó a ignorar el dolor en sus costillas. Una pequeña brisa fresca jugaba con su pelo. Hizo un esfuerzo y abrió los ojos. Vio la larga hierba dorada agitada por el viento.

El coche había hundido su morro en el terraplén de la carretera, y cuando ella intentó abrir la puerta de su lado, no pudo hacerlo. Giró la cabeza haciendo un gesto de dolor por el movimiento del cuello. Vio a la guía hundida detrás del volante. Respiraba con dificultad.

–Tengo que apagar el motor –dijo Lexie en voz alta.

Si no lo hacía podría prenderse fuego.

Se giró y se desató el cinturón de seguridad. Tanteó tratando de encontrar la llave del coche. Apenas la tocó, pero se retorció y pudo apagar el motor, lo que fue un alivio.

Ahora tenía que ver si la guía estaba bien, pero primero tenía que salir del coche, lo que significaba arrastrarse por encima de la pobre mujer, posiblemente empeorándole las heridas.

Buscó la muñeca de la mujer y se sintió aliviada al comprobar que su pulso estaba normal por debajo de sus dedos temblorosos.

Y entonces oyó el ruido de un poderoso motor, un ruido que identificó como un helicóptero.

El piloto debía haber visto el accidente porque había desviado su camino.

Segundos más tarde, el aparato aterrizó en una nube de polvo y viento. Inmediatamente bajó un hombre, agachándose para evitar el roce de los rotores mientras corría hacia ella.

Lexie se puso la mano encima de los ojos. Los cerró y luego los volvió a abrir sin poder creer lo que veía.

Incluso a aquella distancia sabía que era Rafiq de Couteveille, el hombre que la había besado la noche anterior.

Perpleja, sintió un nudo en el estómago.

Lexie lo observó abrir la puerta del coche del lado del conductor y agacharse al lado de ella. Después de una mirada a la guía, miró a Lexie.

–¿Te encuentras bien? –preguntó él en voz alta para que pudiera oírlo a través del ruido del helicóptero.

Lexie asintió, ignorando el dolor que tenía en los músculos del cuello.

–Creo que es posible que la conductora haya tenido un ataque al corazón –agregó.

Rafiq miró a la conductora. ¿Era médico? No, no parecía serlo.

La guía se movió y murmuró algo en el francés local. Luego abrió los ojos.

–No se preocupe –dijo Rafiq–. La sacaremos de aquí enseguida.

En pocos minutos dos hombres se llevaron a la conductora.

–Déjame que te ayude –le dijo Rafiq.

–Puedo arreglarme sola, gracias –dijo ella.

Pero él la sacó con sus brazos fuertes.

–Gracias.

Un brillo atravesó los ojos oscuros de Rafiq. Eran verdes a la luz del día, notó ella. Pero no cualquier verde, no. Verde jade.

–Nos volvemos a encontrar –dijo Rafiq con una mueca de ironía.

Él estaba demasiado cerca. Instintivamente ella dio un paso atrás.

–¿Dónde te has hecho daño? –preguntó él de repente.

–No estoy... El cinturón de seguridad ha sido eficiente –Lexie dejó de sonreír y preguntó–: ¿Está bien la conductora?

–Creo que sí.

–Me alegro tanto de que hayas pasado por aquí...

–Yo también, Alexa Considine.

–Lexie, mi nombre es Lexie. Soy de Nueva Zelanda –agregó estúpidamente.

Tembló y luego se puso rígida cuando él la levantó en brazos y la llevó al helicóptero.

–Puedo caminar –murmuró.

–Lo dudo. Estás en estado de shock. Mantén la cabeza abajo

Ella giró la cabeza y aspiró su fragancia masculina. Él bajó la suya y sus cabezas casi se juntaron. Lexie cerró los ojos.

Se sentía a salvo, pensó, más segura que nunca.

Lo que era raro, porque todos sus sentidos le decían que estuviera alerta.

Su fragancia le trajo los recuerdos del beso que había hecho que todo su cuerpo ardiera.

El ruido del helicóptero la hizo estremecer y cuando el aparato levantó vuelo, ella estaba totalmente pálida.

Al menos había podido evitar vomitar, pensó, cuando aterrizaban en unos terrenos de un edificio enorme de la capital.

Las siguientes horas pasaron entre movimiento y ruido, hasta que finalmente encontró tranquilidad cuando la llevaron a una habitación con vistas al mar.

Ella miró desde la almohada y vio a Rafiq de Couteveille entrar con una mujer delgada a su lado, la doctora que había supervisado sus pruebas.

–¿Cómo te encuentras ahora? –preguntó Rafiq.

–Mejor, gracias –con voz sensual preguntó–: ¿Cómo está la conductora?

–Como tú, no parece haber sufrido daño mayor más que el encontrarse en estado de shock.

–¿Sabe lo que ha sucedido?

–Al parecer, se cruzó un animal en la carretera.

–Espero que el pobre no haya sufrido daño –dijo Lexie.

La doctora sonrió.

–Probablemente no tanto como usted. Nuestros animales corren muy rápido –comentó la mujer–. Afortunadamente no tiene nada roto. Sólo unas heridas –le informó a Lexie–. No obstante todavía está en estado de shock, aunque leve, así que me parece buena idea que se quede esta noche aquí.

–¿Quieres que me ponga en contacto con alguien?

Si su hermana Jacoba se enteraba de aquello, volaría a Moraze inmediatamente, pensó ella.

–No. Estaré bien, y supongo que no hay razón para que no siga con mis vacaciones.

Rafiq miró a la doctora.

–En absoluto –dijo la mujer–. Con algunas precauciones. Mañana le hablaré de ellas, antes de que se vaya del hospital.

–Tengo que notificar a alguien de dónde estoy –dijo Lexie.

–Yo me pondré en contacto con el conde –respondió Rafiq–. La doctora dice que esta noche tienes que descansar, así que no esperes visitas –al ver que Lexie fruncía el ceño Rafiq agregó–: El hotel te va a enviar cosas de aseo y ropa. Ahora te voy a dejar. Haz todo lo que te dicen que hagas, y no te preocupes por nada.

Silenciada por la autoridad de su voz, Lexie lo observó salir de la habitación junto a la doctora.

Rafiq tenía un aire soberbio, imponente, y un cuerpo espectacular.

¿Y cómo era que había aparecido de repente en aquel lugar? Como un genio salido de una lámpara, pensó ella.

Sonrió al pensar en aquella incongruencia. Rafiq de Couteveille era un hombre a quien no podría confinárselo.

Y en tal caso sólo una mujer sofisticada y con tanto carisma como él podría hacerlo.

Alguien totalmente distinto a ella, Lexie Sinclair, una veterinaria de Nueva Zelanda, ¡que no había tenido un solo amante!

Volvió a recordar aquel beso, explosivo, excitante...

Y aquello le hizo olvidar el dolor de cuello y las costillas heridas.

Parecía casi cosa del destino que hubieran vuelto a encontrarse, pensó.

¡Oh! ¡Qué ridículo! Eran sólo coincidencias.

Era mejor olvidarse de él.

Cuando se levantó a la mañana siguiente, una inspección de su cuerpo descubrió algunas heridas en sus costillas. Pero el temblor que la había acompañado después del accidente había desaparecido.

Y aunque la doctora era cautelosa, le había dicho que no había motivo por el que no pudiera marcharse, si tomaba ciertas precauciones.

Lexie se vistió con la ropa que había llegado del hotel y se sentó en una silla.

Felipe seguramente iría a buscarla, y ella no tenía ganas de verlo, pensó.

Unos golpes en la puerta la sorprendieron.

–Adelante –dijo ella.

Pero no era Felipe.

Rafiq entró y le preguntó:

–¿Estás lista para marcharte?

–Sí, claro.

Después se preguntó por qué no le había preguntado qué diablos estaba haciendo allí.

Lexie recogió sus cosas.

–Estarás más cómoda cuando llegues a casa –dijo Rafiq. Al verla dudar, agregó–: Vamos. Pronto necesitarán esta habitación.

–No puedo pedirte que me lleves de nuevo al hotel. ¿Felipe...?

–No me lo estás pidiendo –le señaló él con una sonrisa.

Al ver que ella no se movía, Rafiq extendió la mano.

Con una debilidad totalmente desconocida para ella, Lexie le dio el bolso con su ropa.

Capítulo 3

RAFIQ llevó a Lexie agarrándole el codo.

–¿Quieres que pida una silla de ruedas?

–Por supuesto que no –dijo Lexie y empezó a caminar.

Pero una vez fuera, bajo el sol brillante de Moraze, ella se alegró de que la estuviera esperando un vehículo.

Observó a Rafiq sentarse frente al volante, lo que le extrañó. Había supuesto que el dirigente de un lugar de varios millones de habitantes tendría una limusina con chófer. Y en cambio conducía un coche último modelo con todos los lujos y comodidades.

–Es muy amable de tu parte –dijo ella.

–Es lo menos que puedo hacer –respondió Rafiq con una sonrisa letal–. Nosotros valoramos a nuestros turistas. Es una pena que tu excursión a la jungla terminase así. Cuando estés totalmente recuperada te llevaré allí.

Lexie miró hacia adelante, intentando reprimirse la excitación que le producía aquella idea.

La voz de Rafiq interrumpió sus pensamientos.

–Toma esto.

Ella miró y vio que él le estaba ofreciendo sus gafas de sol.

–No puedo... Tú las necesitarás.. –protestó Lexie.

No tenía ganas de usar algo tan íntimamente conectado con él.

Él se encogió de hombros.

–No estás acostumbrada al sol, yo, sí.

Y muy acostumbrado a hacer siempre lo que él quería, al parecer, pensó ella.

–Gracias. Normalmente no suelo ser tan enclenque.

–Eres demasiado exigente contigo misma. Hay una diferencia entre ser frágil y ser enclenque, y un accidente siempre lo deja a uno débil. ¿Por qué no echas la cabeza atrás y descansas tranquilamente?

Lo había formulado en forma de pregunta, pero era evidente que él esperaba que ella le obedeciera.

Y como eso era más sencillo que discutir, ella lo hizo.

Pero no se relajó. La presencia de Rafiq no se lo permitió.

Ella no estaba acostumbrada a aquellas reacciones de su cuerpo y de su mente. Durante la época de la universidad no había salido mucho, puesto que se había concentrado fundamentalmente en sus estudios. Pero había sido testigo de muchos corazones rotos de amigas que habían sufrido por jóvenes a los que ella había considerado vacíos y desconsiderados.

En algún momento había pensado que debía de faltarle algo. Tal vez el hecho de haber crecido sin un padre hubiera hecho que no tuviera interés en los hombres.

En cierto modo había sido por ello que se había dejado atraer por Felipe. ¡Había sido un alivio descubrir que podía disfrutar de coquetear con un hombre!

Pero con Rafiq... era totalmente diferente: una reacción incontrolable, peligrosa y tentadora.

Si así era como empezaba la lascivia, pensó, por fin podía comprender por qué era tan difícil de resistirla.

Pensó en sus reacciones... Sí, reflexionó, parecía el primer estadio de la atracción.

Y por supuesto era inútil, ya que él era un rey o algo así, aunque no tuviera un título.

No, no un rey, un jeque, pensó ella observándolo entre las pestañas. Su perfil estaba muy marcado y tenía un aire arrogante, y cuando caminaba, ella casi podía oír el roce de la seda de su túnica sobre su cuerpo fuerte y musculoso. A pesar de sus soberbios trajes a medida y su lujoso coche, había algo salvaje en él, algo que aún no había sido domado, como si viviera según un código mucho más elemental.

Debajo del sofisticado exterior, Rafiq de Couteveille era un guerrero, y ella intuía la determinación de un guerrero en él. Evidentemente él tenía origen francés, pero Rafiq era un nombre árabe, y ella apostaba a que el dirigente de Moraze tenía lazos familiares con ambas culturas.

–¿Te sientes bien?

Lexie cerró los ojos.

–Sí, estoy bien, gracias.

Rafiq la miró de reojo y luego volvió a concentrar su atención en la carretera. La piel de Alexa estaba pálida todavía, y sus costillas probablemente aún le doliesen debajo del cinturón de seguridad.

–No estamos lejos... –comentó Rafiq.

Ella se inclinó hacia adelante y respondió:

–No recuerdo esta parte de la carretera.

Rafiq se encogió de hombros.

–Posiblemente porque no la hayas visto antes. Cuando la doctora y yo hablamos de tu estado, estuvimos de acuerdo en que sería mejor para ti pasar los próximos días en un lugar con más tranquilidad que el hotel. Así que te quedarás conmigo.

Él esperó con interés y una cierta anticipación su reacción.

Ella se giró, se quitó las gafas de sol y lo miró.

–¿Y por qué no me habéis tenido en cuenta a mí en esa conversación?

–No era necesario –respondió Rafiq, intrigado a su pesar.

Ella podía ser una actriz consumada. Y podía estar verdaderamente enamorada de Gastano. En cuyo caso, algún día le agradecería a él aquella abducción.

Ella no podía creer lo que había hecho él. Estuvo a punto de decirle algo. Pero pareció decidir contener su rabia.

Rafiq mantuvo la vista en la carretera.

–El hecho de que haya tenido un accidente no te da derecho a tratarme como si fuera una tonta.

–Estoy seguro de que tu familia estaría de acuerdo conmigo en que necesitas unos días de descanso después de una experiencia así –dijo él–. ¿Quieres que los llame para confirmarlo?

–¡No!

–¿Por qué no?

–Mi hermana está embarazada de seis meses. Insistiría en volar hasta aquí, y el viaje la agotaría. Estoy segura de que la doctora y tú pensasteis en mi bienestar, pero yo puedo cuidarme sola perfectamente. Tú no tienes ninguna responsabilidad para conmigo.

–Posiblemente, no. Pero la administración del hotel

ha dicho que no está equipado para atender a alguien convaleciente, y se acordó que ésta era la mejor solución –él ignoró su expresión y siguió–: Pasarás varios días en mi casa, que es lo suficientemente grande como para que tengas la intimidad que deseas, y una vez que la doctora te dé el alta total, puedes volverte al hotel.

Después de reflexionar sobre esto, ella dijo brevemente:

–En ese caso, debería decirle al conde Gastano dónde estaré.

Rafiq deseó creer que ella era sinceramente inocente, pero inmediatamente se reprochó aquel sentimiento. Su atracción hacia ella no debía distraerlo de la razón por la que mantendría fuera de escena a aquella mujer.

–Gastano ha sido informado de tu accidente –Rafiq hizo una pausa para que ella digiriese esa información–. Creo que él tiene negocios aquí que lo mantendrán ocupado unos días. Luego puedes volver con él.

–No parece que tenga otra opción –dijo ella.

–Siento que mi decisión choque con tu independencia.

–Bueno, así es. Pero parece que va a dar igual mi opinión. Gracias por la hospitalidad. Espero que no te importe que haga uso de ella el menor tiempo posible.

Lexie pensó que su último comentario podría hacer mella en la inflexibilidad de Rafiq, pero al verlo sonreír, ella casi se olvidó de su resentimiento, y se dio cuenta de que él seguía teniendo el control de la situación.

Aquella sonrisa estaba llena de encanto y magnetismo sexual. Era el tipo de sonrisa que conducía a un corazón roto y a la desesperación.

Derrotada, Lexie miró el paisaje que la rodeaba.

Afortunadamente el escenario valía la pena. Un cielo brillante, un lago color turquesa, flores de colores, palmeras de cocos inclinándose suavemente sobre la arena blanca y el intenso verde del campo...

Pero no tenía que dejarse impresionar, pensó ella. Aquello era como un cuadro en una revista de una agencia de viajes.

Además, si hacía una competición, Nueva Zelanda tenía unas de las playas más hermosas del mundo...

–Nunca he estado en Nueva Zelanda, pero creo que es hermoso –comentó Rafiq.

¿Leía él los pensamientos?

–Crecí en Northland.

–Hay una distancia muy grande desde allí hasta Moraze.

–Ciertamente.

–¿Te especializas en algún tipo de animal en tu consulta veterinaria?

–Animales domésticos –respondió ella, y agregó, reacia–: Pero es una consulta rural, así que también me ocupo de muchos animales de granjas.

–¿De caballos?

–A veces.

¿Cómo sabía él que ella era veterinaria?

De repente recordó que cuando había entrado en el país había rellenado un formulario.

Así que él había mirado sus documentos, o mejor dicho, le había ordenado a alguien que lo hiciera.

De acuerdo. La seguridad era una preocupación para aquellos ricos y famosos que atraían a personas peligrosas. No obstante, la idea de que alguien anduviera averiguando cosas sobre ella la hacía sentir incómoda.

Estuvo a punto de decirle que como él sabía todo sobre ella no había necesidad de que siguieran conversando, pero de pronto se dio cuenta de que no podía ser tan maleducada con la persona que la había ayudado en el accidente.

Además, sería su anfitrión durante unos días.

Pensó en alguna cosa banal que decir y finalmente dijo:

–El día que llegué fui a hacer submarinismo. Los peces son impresionantes aquí, como joyas...

–¿Te interesan las joyas? –preguntó él.

Tal vez aquélla fuera la forma en que la gente de allí se refería a los peces, pensó ella, confusa.

Claro que Moraze era famosa por sus raros y preciosos diamantes, y extremadamente valiosos.

–La mayoría de la gente está interesada en las joyas. En la costa este de Northland tenemos una vida marina muy interesante. Una corriente cálida corre hacia el sur desde los trópicos, y tenemos una mezcla de fauna tropical y de climas templados.

Ella se dio cuenta de que estaba hablando como si saliera de un libro de texto... Y probablemente lo estuviera aburriendo... Le estaba bien empleado. Si la hubiera llevado al hotel en lugar de conspirar con la doctora a sus espaldas, se habría deshecho de ella hacía un rato, pensó.

–Suena interesante...

Unos metros más lejos Rafiq giró en un camino y el coche atravesó unos portones que se abrieron con un botón que ella había visto.

Lexie miró alrededor buscando una caseta de control, pero naturalmente la seguridad de hoy en día era algo más técnico.

El camino estaba en cuesta y lo rodeaba un montón de verde.

–Hemos llegado casi –dijo Rafiq.

Él vivía en un castillo, al borde de un acantilado con vistas al lago.

Lexie dejó escapar un suspiro.

–No sé nada de la arquitectura de los castillos, pero éste parece sacado de Oriente Medio.

–Es una mezcla de estilo europeo y oriental.

El coche paró frente a unas puertas de hierro esculpidas.

Rafiq paró el motor.

En el silencio, el sonido de las olas retumbaban en los oídos de Lexie.

Un empleado salió por una puerta trasera y fue al maletero del coche. Y una de las grandes puertas de hierro se abrió lentamente.

Rafiq la miró.

–Los marineros árabes conocían Moraze, pero como no estaba en su ruta de comercio, y no tenía nada que les interesara, casi no vinieron por aquí. Los primeros colonos estuvieron bajo la autoridad de uno de mis ancestros, un noble francés, que tuvo la temeridad de tener una aventura con la querida más preciada de su monarca. Ningún lugar de Europa era seguro para él, así que tuvo que huir más lejos. Y encontró refugio aquí, con un grupo de aventureros y marineros y sus mujeres.

Fascinada, Lexie dijo:

–¿Cuándo sucedió todo eso?

–Hace varios siglos.

–¿Qué le pasó a la querida del rey francés?

Él pareció sorprendido.

–Creo que estaba casada con un duque bastante mayor. ¿Por qué?

–Sólo me lo preguntaba. Espero que a ella le gustase ese duque.

–No creo que nadie se lo haya preguntado.

Como si se hubiera aburrido de la conversación, Rafiq salió del coche y le abrió la puerta.

La agarró del brazo y la acompañó a subir los escalones.

Se abrió la puerta y entraron en un vestíbulo con suelo de cerámica. Ella había esperado piedra dentro, pero al fondo del vestíbulo había unas puertas de cristal que daban a una terraza rodeada de árboles y arbustos.

–¡Oh, qué bonito! –Lexie exclamó sin pensar.

–Me alegro de que te guste. Permíteme que te muestre tu habitación.

Rafiq la dejó con una criada en la puerta de su habitación.

–Tu ropa ha sido traída desde el hotel. Cari te mostrará dónde está todo –dijo él–. Estás un poco pálida. Te aconsejo que descanses, incluso que duermas una siesta, y luego comas algo cuando estés lista.

Su habitación era una especie de suite de las *Mil y una noches*, pensó ella, mirando la enorme cama cubierta de seda.

Había flores por todos lados perfumando el aire.

Lexie se sintió totalmente fuera de lugar vestida así,

con vaqueros y una simple camiseta. Aquella habitación parecía haber sido construida para una elegante concubina vestida con túnicas transparentes, una mujer con un solo objetivo en su vida: complacer a su señor.

Aquel pensamiento produjo una contracción en su interior.

Ella sólo se había traído ropa para vacaciones, a excepción del vestido color crema y un par de trajes elegantes, así que la habitación y la criada tendrían que acostumbrarse a su pobre ropero, pensó.

Cuando vio la bañera, Lexie exclamó:

–¡Dios mío! ¡Parece una piscina!

Cari se rió y le señaló la ducha, muy moderna.

–¿Quiere ducharse antes de descansar? –le ofreció la mujer.

–Sí, gracias, me gustaría mucho.

Lexie suspiró alegremente y se metió en la ducha, donde se lavó cuidadosamente las heridas.

Desde que su hermana se había casado con un miembro de la aristocracia illyriana, Lexie se había acostumbrado al lujo. Pero el castillo de Rafiq era algo superior.

Como Moraze.

La historia que le había contado Rafiq sobre sus ancestros le había agregado encanto a la isla. Moraze parecía un lugar de cuento de hadas.

Lexie cerró el grifo y se envolvió en una de las toallas bordadas que le había dejado la criada.

El descanso pondría fin a aquellas fantasías absurdas, se dijo.

Se inspeccionó las heridas. Pronto desaparecerían las marcas.

Pero no sólo habían resultado heridas sus costillas, sino su corazón, que se sentía muy frágil, como si estuviera bajo un ataque con la presencia de Rafiq.

Cuando volvió a la habitación, la criada había preparado la cama. Sonrió y le señaló una jarra de agua y un vaso.

Y Lexie esperó a que se marchase la criada para treparse a aquella cama enorme y decadente.

Lexie durmió profundamente durante casi una hora. Se frotó los ojos y se incorporó.

Se sentía mucho mejor. «Casi normal», se dijo.

Miró su ropero y se sintió perdida.

¿Qué se ponía una en un castillo?

¿Debía reemplazar su brillo de labios por un maquillaje completo?

No, no quería demostrar que estaba tratando de atraer a nadie...

Desafiantemente, intentó ignorar que su pulso se había acelerado al pensar aquello.

Eligió uno de los trajes que le había regalado Jacoba. Los pantalones de algodón resaltaban sus piernas largas, y la blusa de seda hacía juego con ellos. Como maquillaje sólo se puso brillo de labios y crema hidratante.

Antes de que llamase a la criada a través de un timbre, fue hacia la ventana y miró.

A lo lejos se veía el mar y el cielo.

La criada la acompañó abajo y luego a la terraza, donde estaba Rafiq, sentado bajo un árbol que cubría los escalones de piedra con los pétalos de sus flores. Un perfume de gardenias inundaba el aire.

Rafiq se levantó y la miró con ojos penetrantes.

Ella sintió un escalofrío.

–Sí, así estás mejor –Rafiq le indicó la silla que había a su lado–. ¿Te duelen las costillas?

–Sólo cuando me retuerzo –contestó ella–. ¿Cómo está la conductora?

Cuanto antes se curase, antes podría alejarse de aquel hombre, pensó. Él la atraía de un modo que la asustaba.

Como Jacoba, su hermanastra, Rafiq tenía algo más que buen aspecto físico. El carácter de Jacoba iluminaba su rostro guapo, y la personalidad de Rafiq y su carisma le daban a sus rasgos una fuerza increíble.

–Está en su casa, con su familia. Se está recuperando muy bien. Me mandó sus disculpas y las gracias por las flores que le mandaste.

–Me hubiera gustado verla, pero no me han dejado.

Él frunció el ceño.

–La doctora dijo que tenías que descansar todo lo posible.

–Lo haré –luego trató de cambiar de conversación y dijo–: Éste debe ser un edificio muy antiguo. ¿Es donde se asentaron originalmente tus ancestros?

–No, construyeron un fuerte que ahora domina toda la capital. Esto empezó siendo una torre de vigilancia, una de una serie de torres a lo largo de la costa.

–Al parecer, necesitaban defenderse.

–Moraze siempre ha necesitado buena defensa.

–No sabía que había habido piratas en el océano Índico –dijo ella–. Realmente no sé mucho sobre su historia.

–¿Y por qué ibas a saberlo? Si estás interesada, puedo dejarte libros, pero como toda la historia, está llena de sangre y dominio por la fuerza. Mis ancestros tuvieron buena suerte y habilidad, y mantuvieron a salvo la isla hasta que los corsarios, y otras amenazas, fueron asimilados o destruidos –él levantó la vista cuando apareció una criada con una bandeja–. Me he dado cuenta de que bebías té en el hospital, así que pedí que nos sirvieran uno, pero si prefieres café, dímelo, o quizás una bebida fría.

Rafiq era muy observador. Ella se preguntó qué habría observado aquella noche que la había visto con Felipe.

–Un té está bien –dijo ella.

Lo que siguió fue una conversación entre dos personas que no se conocen, pero Lexie sintió una corriente excitante por debajo, como una sensación de algo reprimido, de verse arrastrada por una situación que escapaba a su control.

Pero la mayor parte de su tensión, pensó con sinceridad, tenía su origen en el explosivo recuerdo de aquel beso.

Capítulo 4

LEXIE miró a Rafiq. Él fijó sus ojos verdes en ella y los achicó levemente.

Ella sintió un escalofrío frente a esos ojos feroces?

¿Habría algo que le hiciera perder el control a él?

Pero ella no se iba a arriesgar para averiguarlo, se dijo.

Su aire de autoridad no debía estar relacionado sólo con su incuestionable poder, sino también con su fuerte atractivo sexual.

Aquel hombre seguramente haría gritar de satisfacción a una mujer, se dijo.

Lexie dejó la taza en el plato.

–¿Cuánto tiempo hace que diriges Moraze? –preguntó ella bruscamente.

–Diez años. Desde que tenía veinte. Mi padre murió joven.

–Lo siento –contestó ella y se giró a mirar unas flores, como si quisiera dejar de hablar de aquel tema.

Rafiq la miró con desconfianza.

Aquellas facciones parecían revelarlo todo, pero sus silencios eran enigmáticos.

Así que su padre era un tema espinoso, especuló Rafiq.

Bueno, si su padre hubiera sido famoso por su crueldad, él también evitaría nombrarlo, se dijo.

Esperó unos segundos y luego comentó:

–La vida puede ser cruel. Dime, ¿por qué has querido ser veterinaria?

Ella contestó sin dudarlo:

–Me encantan los animales, y quise hacer algo por ellos.

–Muy altruista de tu parte –dijo Rafiq, irritado por su convincente respuesta.

–Claro que se paga bien también –dijo ella observando su gesto frío.

–La carrera es larga y muy cara, creo.

–Pude hacerlo sin problema –respondió ella–. Tuve suerte. Tenía un trabajo fijo para las vacaciones, y mi hermana me ayudó mucho.

Jacoba había trabajado como modelo desde los dieciséis años, decidida a ganar lo suficiente como para cuidar a su enferma madre. Su extremadamente exitosa carrera había ayudado a pagar la carrera de Lexie y su residencia estudiantil.

A pesar de la insistencia de Jacoba de que no era necesario, Lexie le estaba pagando esa deuda poco a poco. El pasado año no había podido pagarle apenas nada debido al permiso que había pedido en su trabajo, pero pronto, cuando volviese a su país, volvería a pagarle.

Sin duda Rafiq de Couteveille había disfrutado de una buena universidad sin problemas. En su vida no habría habido cosas sórdidas como la preocupación por no tener dinero para la comida, ni sentimiento de culpa por no saber si una buena hija debía quedarse a cuidar de su madre o tener como prioridad sus ambiciones.

–¿A qué universidad fuiste? –preguntó ella.

–A Oxford y a Harvard, y algún tiempo a la Sorbona –sonrió forzadamente Rafiq, adivinando lo que ella estaba pensando–. Mi padre daba un gran valor a la educación.

–¿Tanto en Moraze como en su familia? –preguntó Lexie.

Estaba tratando de averiguar cosas muy descaradamente, algo que no era típico de su comportamiento, se dijo ella.

Deseó haberse callado.

–Por supuesto. Moraze tiene un excelente sistema educativo, y mi padre creó un sistema de becas que ofrece a los mejores estudiantes acceso a las mejores universidades del mundo.

–¿Emigran muchos a lugares más sofisticados y más grandes?

–Sería así, si no tuvieran que volver a trabajar aquí durante cinco años. Generalmente, después de eso, se incorporan nuevamente al engranaje de nuestra sociedad. Si no es así, tienen la libertad de marcharse a buscar lo que quieran.

Lexie asintió.

Rafiq se puso de pie y ella se dio cuenta de lo alto que era, porque a pesar de que ella era alta también, él lo era bastante más.

–Debo irme ahora. Si necesitas algo, díselo a Cari.

Un extraño vacío se apoderó de ella.

–Estoy muy agradecida a todos por su amabilidad. Supongo que me mandarán una factura del hospital...

–No.

–Pero yo tengo seguro de viaje...

–No importa –la interrumpió Rafiq.

–¿En un país como Moraze, que vive del turismo?

–Moraze no depende del turismo. Tenemos un sistema de bancos cada vez mejor y hemos invertido en industrias de alta tecnología. Éstas junto con el café, el azúcar y nuestras piedras preciosas son los pilares de nuestra prosperidad. Damos la bienvenida a los turistas, por supuesto, pero mi gobierno y yo hemos tomado nota de los problemas que acarrea una economía basada exclusivamente en el turismo.

–Tal vez puedas dejarme terminar...

–Por supuesto. Te pido disculpas...

–Yo le pago a mi empresa aseguradora para que cubra los gastos que puedan ocasionarse mientras estoy de viaje.

Él la miró con aquellos ojos verdes penetrantes. Luego se encogió de hombros y dijo:

–Me aseguraré de que alguien se ocupe de ello. Te aconsejo que descanses el resto del día. Hay una piscina aquí, si quieres nadar, aunque sería mejor que no te metieras al agua hasta mañana.

Lexie se sintió un poco decepcionada, porque daba la impresión de que él no volvería al castillo.

–Gracias por todo lo que has hecho –dijo Lexie.

–Ha sido un placer –respondió él formalmente.

El hombre controlado otra vez. El dirigente, pensó ella.

Pero, ¿por qué había sido tan amable? Si es que había sido amabilidad lo que lo había llevado a ofrecerle su hospitalidad.

¿Qué otra cosa podía ser?

¿Habría sido el beso?, se preguntó ella.

No, él no había dado ninguna indicación siquiera de que recordase aquello.

Tal vez estuviera tan acostumbrado a besar a las mujeres que se hubiera olvidado.

Ciertamente habría sido decepcionante para él haber descubierto que ella no sabía nada de besos.

Ahora deseaba haberse marchado a Nueva Zelanda. El intento de Felipe de presionarla para que se acostase con él la había convencido de que no quería nada con él. Y el haber conocido a Rafiq había despertado algo oscuro y perturbador dentro de ella, haciéndola desear un objetivo inalcanzable.

Therese Fanchette dijo:

–Usted pidió vigilar al conde Felipe Gastano, señor.

Rafiq no movió un músculo.

–¿Y?

–Ha venido información a través de una operación de Interpol.

–¿Está enterado él de lo que está sucediendo?

–Hasta ahora no. Sus correos electrónicos han sido interceptados, por supuesto. No parece que nadie de su organización haya descubierto nuestros planes.

–Necesitamos un par de días. ¿Ha intentado ponerse en contacto con la señorita Considine?.

–Ha hecho varias llamadas al castillo. Pero su gente le ha dicho que ella está descansando todavía.

–Es extraño que él sepa que yo estuve involucrado

en su rescate, y sin embargo no haya hecho ningún intento de ponerse en contacto conmigo.

Therese Fanchette era una de las pocas personas que sabía el motivo de la precaución de Rafiq.

–Lo que parece ser debido a que quiere estar fuera de su alcance. Uno de los socios más cercanos a Gastano está convencido de que éste piensa casarse con la señorita Considine.

–¿Es información buena ésa? –Rafiq alzó la mirada–. ¿No simplemente un cotilleo?

–Yo no me ocupo de los cotilleos. La fuente de información dice que ha sido fijada una fecha. ¿No ha dicho nada la señorita Considine sobre ello? ¿O sobre Gastano?

–Nada. Sigue observándolo. Quiero saber exactamente qué está haciendo, adónde va, a quién ve, y quiero estar seguro de que no puede comunicarse con la señorita Considine por lo menos en un par de días.

Therese inclinó la cabeza.

–Están interceptando todas sus llamadas de teléfono y todos sus correos electrónicos, como ha ordenado usted. Si intenta ponerse en contacto con ella, lo sabremos inmediatamente –Therese hizo una pausa y agregó–: Con respeto, señor, todavía pienso que sería mejor dejarlos que se comuniquen y ver qué podemos averiguar.

–Yo, no.

Fanchette lo miró con aire de reproche.

–Sé cómo te sientes. Yo rara vez tengo presentimientos. Pero algo me dice que mantenga a la señorita Considine lejos de momento. En el peor de los casos, el hecho de que Gastano sepa que ella es mi invitada, tal vez haga que su mente se distraiga de sus negocios en el extranjero.

Con una sonrisa reacia, Therese dijo:

–Hasta ahora sus presentimientos han sido acertados al cien por cien, así que sería una estupidez no hacerles caso.

–Sé que eso puede complicarte las cosas. Pero estoy seguro de que te las arreglarás –sonrió Rafiq.

Cuando Rafiq estuvo solo se sentó frente a su escritorio y miró su pluma de oro.

Una parte de él estaba furiosa de que Gastano hubiera ido a Moraze, y la otra se alegraba porque ahora el conde estaba en un lugar poco familiar, donde las reglas eran diferentes.

La avaricia sumada al exceso de confianza a menudo conducía a cometer errores, pensó Rafiq con despiadado pragmatismo. Y el ir a Moraze había sido el primer error que había cometido Gastano en mucho tiempo.

Rafiq se puso de pie y caminó hacia la ventana, mirando un momento al extraordinario semental que había en la pared de su oficina, el símbolo de su casa y de su familia. Todo lo que hacía era por el bien de Moraze.

Entonces, ¿era Lexie lo que parecía ser, la complaciente amante de un delincuente de alto vuelo, y futura esposa del mismo?

¿O era una muchacha inocente y encantadora sin sofisticación alguna?

Si ella no estaba al tanto de las actividades de Gastano, el descubrir la verdadera naturaleza de su amante le haría daño. Pero Rafiq sabía que no podía permitirse ser generoso. Él necesitaba un medio para acercarse a

Gastano, y si el hombre planeaba casarse con Lexie, ella podía serlo.

¿Había sido inocente Lexie cuando había conocido al conde?

Sintió rabia al pensar en aquello.

Era poco probable. Aunque la universidad no era un cantero de vicio, ella era una mujer muy atractiva, con una abierta respuesta sexual que indicaba experiencia.

Parte de la cual la había ganado en la cama de Gastano, se recordó.

El recuerdo del beso que habían compartido todavía tenía el poder de excitar a Rafiq. Lo que había empezado como un juego burlón para él había cambiado en un instante, cuando sus labios habían rozado su boca. Ella había sido muy apasionada, y él se había perdido en su abierta sensualidad.

Le había resultado difícil apartarse de aquel beso, y más difícil olvidarlo.

Sus oficinas estaban construidas en la vieja ciudad, en lo alto de una roca volcánica. Por lo tanto, tenían una vista excepcional de la zona de negocios. Su vista se deslizó por el puerto y por los brillantes árboles que bordeaban la zona, luego más allá, hacia las casas colgando de las colinas que rodeaban el lugar.

Pensó en la situación con frialdad. Y finalmente llegó a una conclusión. Era una situación difícil, pero él había sido entrenado para tomar decisiones difíciles, aun a costa de un precio para su vida personal.

Al día siguiente Lexie se sintió mucho mejor, hasta el punto de pensar seriamente en volver al hotel. Pero el sentido común le decía que era mejor esperar hasta el día siguiente. La criada le había insistido en que descansara nuevamente antes de la cena y había cerrado las persianas, mientras ella intentaba convencerla de que no estaba cansada.

–El Emir dice que es necesario –dijo Cari firmemente.

«Rafiq, el Emir», pensó Lexie con una escalofrío.

Pero para su sorpresa se volvió a dormir, acunada por el ruido de las distantes olas. Y se despertó con una sensación de bienestar que parecía anticipar algo maravilloso, algo que ella había esperado sin siquiera darse cuenta.

Y aquella excitación persistió incluso sabiendo que Rafiq no volvería.

«Ten cuidado», se dijo. Se sentía muy atraída por él.

¿Por qué la sobresaltaba tanto su reacción? Muchas mujeres lo habían mirado con interés durante la fiesta...

Él le había preguntado si le atraía la idea de domesticar a un hombre... La respuesta seguía siendo «no», pero sería excitante descubrir si su imperioso control podía ser quebrado de algún modo.

El conocer a Rafiq y el que él la hubiera besado, le hacía añorar ser... hermosa.

Quería ser guapa. Que Rafiq la mirase como Marco miraba a Jacoba...

Pero se miró al espejo y confirmó lo que ya sabía: ella era simplemente normal, del montón.

Se miró más detenidamente: su piel no estaba mal, sus facciones eran finas, pero no tenía nada especial.

Sus ojos eran azules, sus pestañas, largas, pelo fuerte

con rizos grandes, con reflejos dorados que brillaban bajo el sol...

Tenía un cuerpo poco voluptuoso. Era más bien delgada y atlética... O sea, nada que destacase.

Rafiq, evidentemente había olvidado el beso. Y eso mismo era lo que ella iba a hacer.

Le daba rabia que la independencia que tanto le había costado conseguir se hubiera desmoronado con un solo beso.

Ella era Lexie Sinclair, veterinaria, y una buena veterinaria. Siempre había dejado los sueños más espectaculares a Jacoba. El haber entrado en la vida social de Illyria había sido un shock y le había despertado una conciencia dentro de sí misma, una que la forzaba a hacer lo que pudiera por aliviar el legado amargo y brutal de su padre. Ella estaba orgullosa de lo que había conseguido en el año que llevaba en Illyria. Pero ahora que había terminado, deseaba intimidad, y la posibilidad de seguir con la vida que había planeado.

¿Cómo diablos había terminado en un palacio real en una isla exótica del océano Índico con el príncipe más apuesto del mundo casi contra su voluntad?

«De casualidad», se dijo. Y pronto estaría fuera de allí.

Pero sabía que no podría olvidar a Rafiq de Couteveille.

La luz del atardecer iluminaba las colinas cuando ella decidió bajar las escaleras. Al final de los escalones había un enorme florero. Se detuvo a admirar las flores de diferentes colores. Pero su atención se desvió hacia una foto que había al lado del florero.

Había una adolescente, claramente familiar de Rafiq por su parecido con él. Su rostro iluminado y atractivo era una versión dulcificada del de él.

–Es la hermana del Emir –dijo Cari.

–No sabía que tenía una hermana –dijo Lexie.

La criada miró con tristeza la fotografía.

–Su nombre era Hani. Hace dos años que falleció. La acompañaré al patio.

–Conozco el camino.

–Creo que no. Usted se sentó con el Emir en el jardín. Esto es otra cosa.

Lexie la siguió hasta un patio con arcos con una fuente en medio de la hierba y caminos de grava. Había canteros con flores que perfumaban el aire con esencias del trópico. A lo largo de la pared que daba al mar había otro arco, profundamente ensombrecido.

Después de decirle a la criada que no necesitaba nada, Lexie se quedó sola.

Se hizo de noche, pero curiosamente no refrescó. El cielo se llenó de estrellas, y ella sintió que algo le helaba el corazón.

¿Cómo había muerto esa niña tan vital y sonriente?, se preguntó.

Se irguió y decidió entrar nuevamente en la casa. Y entonces vio a Rafiq.

Ella sintió una punzada de excitación.

Aquello era lo que había estado esperando.

Se estremeció cuando vio a Rafiq caminando hacia ella, alto, fuerte, ágil como una pantera.

Ella no podía hablar. El único sonido que podía emitir era el latido de su corazón.

Lo observó acercarse y deseó llevar puesto algo más sofisticado que unos pantalones y una camiseta.

Se sentía estúpida allí de pie. No sabía qué hacer. Sonrió torpemente, tontamente.

Él se detuvo a unos centímetros de ella y la miró detenidamente.

Ella hubiera querido refugiarse tras un escudo.

–¿Tienes dolor de cabeza? –preguntó él acortando la distancia entre ellos.

–No.

Pero Rafiq le agarró la barbilla y la miró a los ojos. Luego acarició su sien, adonde ella instintivamente había llevado su mano. Algo brilló en los ojos verdes oscuros de Rafiq, y Lexie sintió que se derretía.

–Estoy bien. No me duele la cabeza.

Aunque le seguía doliendo el cuello cuando se giraba sin tener cuidado, pero aparte de eso, se sentía bien.

Rafiq la soltó y dio un paso atrás.

–Eso veo. Cari me ha dicho que has dormido otra vez. Tienes mejor aspecto.

–Así es, gracias.

–Bien. Ven y siéntate. ¿Te apetece beber algo? –al ver que ella dudaba Rafiq sonrió y agregó–: Sin alcohol, si prefieres eso.

–Me parece perfecto –contestó ella tratando de disimular su reacción ante aquella sonrisa tan seductora.

Algo había cambiado, pensó ella mientras él la agarraba del codo en un movimiento automático. Le daba la impresión de que él tenía una actitud más blanda con ella, algo que no había habido antes.

Rafiq la hizo sentar.

–Este patio fue construido por uno de mis ancestros para su esposa –dijo él cuando Lexie miró a su alrededor y suspiró, complacida.

Ella era una persona muy sensible a la belleza, pensó él. ¿Sería tan sensible y ardiente cuando hiciera el amor?

Al parecer, su mente estaba totalmente indisciplinada cuando se trataba de ella. Pero tenía que controlarse, pensó.

–Ella era del sur de España, y el quería regalarle algo que le recordase a su hogar, así que le construyó un jardín con un aire a la Alhambra. A ella le encantó, al igual que a esposas posteriores.

–¿O sea que este lugar ha sido un hogar desde hace mucho tiempo?

Él asintió.

–Después de que los corsarios fueran derrotados, sí, se transformó en residencia del hijo mayor. Hasta hace un siglo más o menos, el dirigente vivía en la ciudadela arriba de la capital.

Rafiq le dio un vaso de zumo, frío y refrescante.

–Espero que te guste esto. Es zumo de lima, pero tiene un poco de papaya, y una hierba de la zona que se supone que cura las heridas.

–Está delicioso –dijo ella después de tomar un trago–. Esa ciudadela tiene un aspecto muy sombrío. Dudo que las esposas hayan querido irse de aquí y vivir allí.

Rafiq dejó de mirar sus labios mientras ella bebía el zumo. Había tenido que reprimir una punzada de deseo. Ninguna mujer lo había excitado tanto como Lexie Sinclair.

Disimuló su reacción adoptando una actitud distante.

–Fue reconstruido en gran parte en el siglo XIX, y ahora se usa como oficinas para la administración de mi casa.

Rafiq notó que ella mostraba interés, y se preguntó por qué aquella mujer le despertaba aquel deseo tan potente que se filtraba en su mente y golpeaba directamente su ingle.

Si se la observaba facción a facción ella no era guapa. Tenía una piel magnífica, unos ojos azules y una boca sensual que la hacían atractiva... Pero él había estado con mujeres realmente bellas con las que no había sentido aquel primitivo deseo que le despertaba ella.

Capítulo 5

TE INTERESA la historia? –preguntó Rafiq.

Lexie sonrió, preguntándose qué había detrás de aquella máscara de sus facciones.

–Como somos un país tan joven, a los neozelandeses nos impresiona cualquier cosa que tenga más de dos siglos.

–Moraze tiene una historia que data de hace unos dos mil años o más... Posiblemente los árabes conocieran su existencia antes del primer milenio. Su nombre proviene del árabe, y significa «isla del Este», porque está al este de Zanzíbar.

A ella le gustó aquel significado. Aquel nombre tenía magia...

«Al este de Zanzíbar», pensó. Todo podía ocurrir al este de Zanzíbar... Hasta la posibilidad de conocer a un hombre excitante y peligroso y descubrir cosas sobre ella misma que la sorprendieran...

Hizo un esfuerzo por volver a la realidad.

–Me sorprende que no hayan explotado los diamantes de fuego. Seguramente cualquier buen comerciante aprecia su valor, ¿no?

Rafiq endureció su expresión por un momento. Luego se encogió de hombros.

–Antes de ser pulidos tienen aspecto de mero canto

rodado, así que no los descubrieron hasta hace un siglo aproximadamente, después de que el primer Couteveille llegase aquí. Si te interesa, hay ruinas de origen desconocido en las colinas de la escarpa, a unos kilómetros en dirección al norte.

–¿De verdad?

–Cuando estés totalmente recuperada, te llevaré allí –dijo Rafiq.

Lexie se sintió excitada ante la idea.

Miró a Rafiq y éste le sonrió. Parecía entusiasmado también con la idea.

–¡Qué curioso! ¿Hay alguna teoría acerca de quién construyó eso?

–Hay muchas teorías. Algunos dicen que fueron construidas por los troyanos, otros que por los chinos.

–¿Son excavadas?

–Sí.

Rafiq le habló de las ruinas y del museo y de los grupos de universitarios que se habían reunido para excavarlas. La fascinó contándole historias sobre la guerra verbal que habían tenido algunos arqueólogos, una batalla llevada a cabo a través de los medios de comunicación, hasta que finalmente Rafiq había amenazado con prohibir la excavación a ambos equipos.

–Parece incongruente que una gente cuya profesión es encontrar la verdad sea tan rígida –dijo Lexie.

–El ego suele interferir en el camino hacia la verdad. El ego y la avaricia.

–¿La avaricia? Los arqueólogos no sacan provecho económico de sus descubrimientos...

–El provecho no tiene por qué ser económico. Una excavación bien hecha aumenta el prestigio y la reputación de los arqueólogos. La avaricia por la posible recompensa de un gran descubrimiento puede nublar el sentido común, e incluso llevar a acciones destructivas.

Parecía una advertencia, pensó Lexie.

¿Sabría algo él sobre el padre de ella? Su avaricia y su ego lo habían llevado a hacer cosas monstruosas.

Agitada por la náusea que siempre le causaba pensar en su padre, Lexie tomó otro sorbo de zumo.

–Supongo que tienes razón –dijo.

Sin dar más importancia a aquel tema, Rafiq se puso de pie.

–¿Estás lista para la cena?

–Sí, gracias.

Al levantarse demasiado deprisa, ella sintió dolor en el cuello y apretó los labios.

Al parecer Rafiq lo notó porque le agarró los hombros y le preguntó:

–¿Qué sucede? Es la segunda vez que casi te desmayas...

–No me he desmayado. Me debo de haber torcido el cuello en el accidente. Está bien, pero cada tanto los músculos me lo recuerdan. No es nada.

Rafiq aflojó su mano, pero no la soltó.

Estaba tan cerca que ella podía aspirar su potente fragancia masculina.

–A lo mejor esto te ayuda –dijo Rafiq.

Le hizo masajes en el cuello y en la nuca con los pulgares.

Ella sintió un estremecimiento en toda la espina dorsal. Cerró los ojos y notó que su pulso se aceleraba. Se le derritieron los huesos y temió derrumbarse.

–Estoy bien –dijo, para disimular.

–¿Sí? –preguntó él dando vuelta su cara para que ella lo mirase–. No pareces estar bien. ¿Quieres que te lleve a tu habitación?

–¡No! –exclamó ella, aterrada.

Estaba aterrada y excitada a la vez, reflexionó.

–Tus ojos desmienten tus palabras –Rafiq miró su boca–. Y esa boca deliciosa parece prometer mucho...

Ella intentó mantener el control y agitó la cabeza.

–Dilo –dijo él–. Dime que no me deseas tanto como yo a ti.

Lexie apenas podía respirar. Él la estaba desafiando con la mirada.

–Di que no...o atente a las consecuencias –dijo él más amablemente.

Sin decir una palabra, ella llevó su mano a la mejilla de Rafiq.

Sonriendo, él besó la comisura de su boca. Ella gimió y él la besó más profundamente. Luego la estrechó fuertemente contra su cuerpo.

El aire se llenó de una feroz tensión sexual.

Rafiq levantó la cabeza y echó hacia atrás la de Lexie para besarle el cuello. Hasta que llegó al borde del escote de su pudorosa camisa.

El corazón de Lexie dio un salto.

–Tienes la boca de una sirena –dijo él besándola.

Su leve acento se intensificó y le dio un aire más exótico, casi bárbaro.

–Y besas como una sirena. ¿Dónde has aprendido eso?

–Yo no... No creo que se aprenda a besar –dijo ella.

Él arqueó las cejas.

–Quizás no –respondió.

Y la volvió a besar, despertando un deseo irreprimible que la quemaba por dentro. Hasta que su cuerpo ardió y su mente se nubló como si hubiera tomado una droga.

Ella se sintió alarmada. Todo su cuerpo parecía haberse preparado para él. Sus pechos estaban erguidos, exigiendo una satisfacción que sólo Rafiq podía darle.

En estado de shock, se separó de él. Por un momento sintió que él iba a tenerla en sus brazos contra su voluntad, pero entonces Rafiq sonrió sardónicamente y la soltó.

–No –repitió él.

Fue una afirmación, no una pregunta.

–La cena debe de estar lista –comentó ella con voz ronca. Lo miró.

Rafiq se rió sin humor.

–Sí, y uno no debe hacer que los sirvientes esperen... Por aquí...

Rafiq extendió su brazo. Después de un momento de duda, Lexie lo agarró débilmente. Sintió sus músculos debajo de su mano y se excitó. Era la excitación de un deseo prohibido y temido a la vez.

Aquello era peligroso, se dijo ella.

–¿Tienes miedo de mí? –preguntó Rafiq clavándole la mirada.

–No, por supuesto que no.

Ella en realidad tenía miedo de sí misma. Parecía no tener resistencia alguna a Rafiq. Su potente masculinidad la abrumaba.

–No suelo besar a personas prácticamente extrañas... de ese modo –dijo ella.

Ella se dio cuenta de que sus últimas palabras habían revelado más de lo que ella quería revelar.

–Supongo...

¿Quería decir él que su falta de experiencia era evidente?, se preguntó ella.

Bueno, la verdad era que no tenía nada de experiencia, pensó.

¿Y qué importaba que él se diera cuenta de su inexperiencia?

–Y no necesitas preocuparte... Yo no fuerzo a ninguna mujer.

–Yo... Bueno, estoy segura de que no lo haces –dijo ella. Luego, cuando se dio cuenta de adónde la estaba llevando exclamó–: ¡Oh! ¡Qué bonito!

Habían subido una planta y estaban en un salón que se abría al exterior iluminado por unas lámparas que daban una luz cálida a la terraza de piedra. Ésta tenía árboles y arbustos para darle sombra y refrescarla. En un extremo había una piscina que rodeaba un pabellón techado, conectado con la terraza por un puente de piedra. Detrás de unas cortinas de gasa, se adivinaban los muebles.

–Otro capricho de otro ancestro –explicó Rafiq con un toque de ironía–. Rescató a su esposa de un barco corsario. A ella le encantaba nadar, y a él le encantaba nadar con ella, así que construyó una piscina y se aseguró de que ésta no pudiera verse desde otro sitio.

–¿Por qué estaba ella en un barco corsario? ¿Era pirata ella también?

Él se detuvo en el puente.

–Ella era la hija del gobernador británico de una isla de West India, a quien habían secuestrado para pedir un rescate, pero el capitán la encontró suficientemente atractiva como para quedársela. Cuando el Caribe se hizo muy caluroso para él, huyó al océano Índico. Ella esperó hasta que se acercaron a Moraze, puesto que se dedicaban al pillaje. Allí ella pudo herir gravemente a su secuestrador y escapar y nadar hasta la orilla.

Lexie, sobresaltada, levantó la vista.

–Debe haber sido una mujer con muchos recursos.

Rafiq sonrió despiadadamente.

–Yo provengo de una línea de gente que hizo lo que tenía que hacer para sobrevivir. Algunos no fueron particularmente escrupulosos, ni agradables. Otros abrazaron la venganza sin compasión si les servía para sus planes. Ella odiaba a su secuestrador.

Lexie sintió un escalofrío, y los recuerdos de las acciones de su padre nublaron sus ojos.

–Muy poca gente puede decir que sólo tiene santos en su linaje –comentó ella.

–Estoy de acuerdo –él sonrió cínicamente.

–¿Y qué le sucedió a la hija del gobernador cuando llegó a Moraze?

–Mi ancestro la encontró escondida en la orilla. Ella les contó los planes que tenían los corsarios, y con sus hombres él apresó el barco, y mató al hombre que la había retenido. Al parecer, ella y mi ancestro se pelearon furiosamente durante varios meses, y luego sorprendieron a todo el mundo casándose –sonrió Rafiq con humor–. Tuvieron una vida larga y feliz juntos, pero no fueron una pareja pacífica.

–Me alegro de que ella encontrase la felicidad después de semejante experiencia –dijo Lexie–. En cuanto a la paz... Bueno, a alguna gente la paz le parece aburrida.

–¿Eres tú una de ellas? –preguntó él señalándole que deberían cruzar el puente.

Lexie frunció el ceño. Era una pregunta que la hacía sentir incómoda y vulnerable.

¿Estaba explorando su personalidad él? ¿O simplemente manteniendo viva la conversación?

Seguramente lo último.

Hubo un silencio incómodo. Y ella decidió cruzar el puente.

–Yo soy veterinaria, y me gusta la vida tranquila. Es una profesión que te exige a veces salir en medio de la noche en un clima horrible para ocuparte de animales enfermos de razas caras, y de sus dueños. Pero ciertamente me gusta la variedad.

Eso debía ser inocuo, ¿no? Ella no quería meterse en ningún terreno espinoso. Aunque se habían besado y ella había disfrutado de esos besos, no se permitiría caer en la trampa de creer que significaban algo para él, más que la reacción física de un hombre viril a una mujer de la edad adecuada para seducirla.

Una mujer cuya excitación instantánea debía haberle dejado claro que lo consideraba irresistible.

Claro que él debía estar acostumbrado a esa reacción en las mujeres...

Pero era mejor no seguir pensando en ello.

–¿Y tú? –preguntó ella.

–Yo disfruto de los momentos de paz –dijo él–. Pero pienso que una vida totalmente tranquila y armoniosa puede llegar a ser tediosa después de un tiempo. Me gustan los desafíos.

–Oh, a mí también –respondió ella y cambió de tema bruscamente–. Los nenúfares de Moraze deben ser diferentes a los de mi país... Los nuestros se cierran al anochecer.

–Los nuestros también –sonrió Rafiq–. Creo que los pétalos de éstos se mantienen abiertos con cera de vela. Es una tradición local.

Llegaron al pabellón, donde Rafiq apartó las cortinas con la mano.

–¿Juegas al ajedrez?

–Mal –contestó ella–. No soy un desafío para nadie...

Pero horas más tarde, después de comer, ella estaba sentada al borde de la silla delante de una partida de ajedrez.

–Has mentido –dijo Rafiq.

–Yo no miento –dijo ella levantando la cabeza.

–Tú has dicho que no era un desafío para nadie –comentó él, divertido.

–Estás ganando tú –señaló ella–. De hecho, no sé cómo voy a salir de esta situación.

–Si quieres saberlo... –respondió él levantando las cejas.

–¡No! Dame otros cinco minutos para ver si puedo hacerlo...

Él sonrió. Parecía haber perdido toda sofisticación.

–Adelante –dijo él.

Lexie frunció el ceño y se inclinó sobre el tablero. Le pareció ver el movimiento perfecto, y casi lo hizo, hasta que se dio cuenta de que eso significaría un jaque a su rey unos movimientos más adelante.

Rafiq tenía cara de póquer. Ni un movimiento escapaba a su control.

Lexie de pronto vio una cama detrás de él y varios

sofás. Parecía un mobiliario para las horas cálidas de la siesta. Y trató de disimular su incomodidad.

«Te deseo», pensó, asustada de la intensidad de sus sentimientos.

Se puso colorada.

Tenía que alejarse de allí, de aquel hombre, marcharse lejos de aquel nido de amor con su perfume de flores y su luz sensual.

–¿Te importa si lo dejamos? Si me dices cómo salir de esto.

Él frunció el ceño, pero lo hizo.

Después de mostrárselo le dijo:

–Dentro de dos días tendré que asistir a una función especial, la inauguración de otro hotel, pero esta vez la celebración es para aquéllos que trabajaron en el edificio y para los que trabajarán en él. Una fiesta mucho menos formal que la de la otra noche. ¿Te apetecería venir conmigo?

Ella se sorprendió totalmente. Se volvió a poner colorada y no supo qué decir.

–Ya estoy casi perfectamente después del accidente, pero no quiero entrometerme... Yo me puedo quedar aquí sin problema, ya lo sabes.

Él sonrió.

–Habrá música y baile y una comida excelente, y unos pocos discursos.

Lexie dudó. Estar con Rafiq había empezado a significar demasiado para ella. Una mujer sensata habría encontrado cualquier excusa para rechazar la invitación.

Pero estaba claro que ella no era una mujer sensata y se oyó decir:

–Me encantaría ir. Suena divertido.

–Eso espero.

Rafiq se preguntó qué estaba sucediendo detrás de esa cara de serenidad. Ella no se daba cuenta de que era una prisionera en su castillo. Y esperaba que no se diera cuenta nunca.

No era la primera vez que él se preguntaba cómo una mujer inteligente como ella se había relacionado con Gastano.

¿Estaría aburrida de Gastano?

No había intentado ponerse en contacto con el conde, y ciertamente no había dado muestras de que lo echase de menos.

Lo que podría significar que para ella la relación era tan superficial como el mismo encanto de Gastano.

Recordó cuando se habían encontrado en la fiesta. Ella no parecía muy contenta con el conde. E incluso se había permitido sentirse atraída por él, por Rafiq. La misma atracción que él había sentido por ella.

Había sido lascivia a primera vista, pensó.

Lexie empezó a recoger el ajedrez en su caja.

¿Sabría ella que Gastano tenía la intención de casarse?

Parecía improbable.

¿O era ése el modo de demostrarle a Gastano que ella no quería más que una aventura con él?

Si era así, ella no comprendía la psicología del conde.

Los contactos de la familia de ella eran oro para el conde, y si se casaba con ella, tendría acceso a muchas cosas que siempre había deseado alcanzar, el mundo del poder real y la influencia.

El conde estaría furioso de saber que la mujer que

había elegido para conseguir respetabilidad y poder se le estaba yendo de las manos.

Y los hombres furiosos cometían errores.

Gastano había intentado ponerse en contacto con Lexie. Rafiq recordaba el correo electrónico escrito por Gastano. Había intentado ser encantador, pero había provocado una reacción muy posesiva de Rafiq. Él no comprendía su propia reacción, pero algo le decía que apartarla de Gastano era mantenerla a salvo.

¿Por Hani?

Rechazó aquella idea.

Su hermana había sido muy ingenua. Lexie no lo era. Aunque lo hubiera sido al conocer a Gastano, después de dos meses de ser su querida habría perdido toda inocencia.

¿Habría reaccionado ella en brazos de Gastano del mismo modo que con él?

La idea le dio rabia. Pero, ¿por qué se le cruzaban aquellos pensamientos?

Rafiq se preguntó hasta qué punto su objetividad no estaba influida por la atracción hacia ella. Esos ojos azules medio escondidos detrás de sus pestañas oscuras podrían ocultar sus pensamientos, pero nada podía disfrazar esa boca sensual.

Lexie levantó la vista y vio que Rafiq la estaba mirando. Se puso nerviosa. Y se ruborizó.

–Pareces cansada –dijo él–. ¿Cómo tienes el cuello?

Ella se puso más colorada.

–Bien, gracias. Sólo me duele de vez en cuando.

Ella se tomó su tiempo para guardar las piezas de ajedrez, y se demoró como para recuperar su compostura.

Finalmente ya no estaba colorada, pero el fuego que había provocado Rafiq seguía dentro de ella.

Se puso de pie y dijo:

–Ha sido una noche muy agradable. Gracias.

Él se puso de pie también.

Caminaron por el puente de vuelta al castillo.

Lexie deseó poder controlar sus reacciones. La cercanía de Rafiq era una deliciosa tortura.

Por un lado ella deseaba estar en su habitación, y por otro, lamentaba que se acabase aquel momento de magnetismo con él. Rafiq se estaba volviendo adictivo para ella. Pero no debía dejarse llevar por una atracción que no significaba nada más que una atracción física, biológica.

Desde un punto de vista biológico aquella atracción que tenía convulsionadas todas las células de su cuerpo era una cosa natural, algo producto de las hormonas, algo que le sugería que ella y Rafiq podrían hacer maravillosos niños juntos.

Pero eso no quería decir que ella estuviera enamorada de él, se dijo.

Él ciertamente no estaba enamorado de ella.

Era sólo un asunto de genes, la necesidad de perpetuar la especie, todas las cosas que había aprendido durante su larga carrera universitaria.

Y aunque su reacción a él era un feroz tormento, seguramente podría sentir aquello mismo con otros hombres, sólo que no había conocido a ninguno hasta entonces.

De todos modos, cuando se casara, quería lo mismo que tenía Jacoba: un hombre que la adorase y la aceptase como su igual en todo sentido.

No alguien que la viese simplemente como una compañera sexual.

La voz de Rafiq interrumpió sus pensamientos.

–Eso es muy interesante.

Ella se puso rígida.

–Estaba pensando en... En la biología.

–Yo, también –sonrió él con cinismo.

La última palabra fue pronunciada contra su deseosa boca.

Sus besos anteriores habían sido exploraciones, pensó ella. Aquél, no.

Él sabía lo que deseaba ella y cuando ella suspiró, él la estrechó más fuertemente, de manera que ella notó su reacción física, la eléctrica intensidad de su deseo, la erótica diferencia entre su femenina suavidad y su poder masculino.

Una corriente de adrenalina agitó su cuerpo.

Se estremeció con excitación y se olvidó de todo excepto de la magia de su abrazo y de su reacción abandonada y primitiva, de la fuerza de sus manos sobre ella. De su fragancia. De su tacto...

Todo combinado para agregar más combustible a su fuego interior, lejos de la inhibición y la cautela.

Capítulo 6

RAFIQ relajó sus brazos y apoyó la mejilla en la cabeza de Lexie, y la acurrucó contra su pecho mientras ella volvía a la tierra.

–Es demasiado pronto –dijo–. Y aunque eres como el fuego en mis brazos, veo ojeras debajo de esos hermosos ojos, y creo que estás intentando reprimir un bostezo en mi hombro. Buenas noches, Lexie. Que duermas bien. Mañana haremos la excursión que no pudiste terminar por el accidente.

Ella tal vez pudiera ver esos caballos famosos de Moraze. Debería estar encantada. Pero para su sorpresa, apenas tuvo entusiasmo.

Cuando él la soltó se sintió como si la hubieran abandonado.

–Me encantará ir.

¡Oh, Dios! ¡Qué voz había puesto! ¡Parecía Marilyn Monroe!

Sin mirarlo a los ojos, ella le sonrió y se marchó a su habitación.

Tenía los nervios de punta.

Aquella situación era muy peligrosa. No tendría que haberse permitido estar en sus brazos. La intensidad de sus sentimientos la asustaba. Cuando él la tocaba, se transformaba en alguien diferente...

Lexie se acercó a la ventana y miró el lago.

No se reconocía a sí misma.

Pero al menos había sabido algo sobre él: Rafiq tampoco quería sexo simplemente. Porque podría haberla poseído allí mismo, y no obstante se había echado atrás.

Era mejor que no hubiera más intimidad con Rafiq. Era muy peligroso.

De todos modos, pronto se marcharía del castillo. Y le dejaría claro que no estaba disponible para... nada. Él no la presionaría. Rafiq de Couteveille era un hombre sofisticado, y habría muchas mujeres sofisticadas que estarían deseosas de satisfacer sus deseos.

Y esa punzada de emoción no eran celos, se dijo.

–¡Allí! ¿Los ves? –Rafiq señaló por encima del hombro de Lexie.

–Sí.

Entusiasmada, Lexie levantó los prismáticos que él le había prestado y examinó la pequeña manada.

Un par de potrillos se movían a un lado; estaban pastando. Sus lomos brillaban en el sol tropical. El semental, rey de su harem, sabía que aquel vehículo no le haría daño. Y la yegua que dirigía el rebaño había vuelto a bajar la cabeza para comer.

Lexie miró nuevamente el perfil de Rafiq mientras éste observaba la manada.

¿Cómo se sentiría ella si él la miraba alguna vez así?

Enfadada consigo, Lexie preguntó:

–¿Cuánto tiempo hace que están en Moraze?

–La esposa del primer Couteveille trajo algunos caballos de su padre. Aquí se criaron en libertad, y desde entonces han permanecido así.

«Como los Couteveille», pensó ella.

–Siempre recordaré este día. ¡Te lo agradezco tanto!

–Ha sido un placer –dijo él.

Y puso el motor en marcha. Cuando empezaron a bajar hacia las tierras bajas fértiles, Rafiq preguntó:

–¿Qué te gustó más? ¿Los animales de la jungla en las montañas, o los caballos?

Ella se rió.

–Ésa es una pregunta con trampa, pero me fascinaron los animales en la jungla, y no he podido dejar de preguntarme cómo vinieron sus ancestros hasta aquí.

–Los biólogos están estudiando de dónde provienen –le dijo Rafiq. Luego, sin cambiar el tono, agregó–: Entonces, ¿te gustaron más los caballos?

Sorprendida por su percepción, Lexie admitió:

–Sí. Son tan salvajes y libres, y tan hermosos... Supongo que los envidio.

–Quizás todos los envidiamos –la miró a los ojos–. Pero tú tienes independencia. ¿O tienes intención de perderla?

Sobresaltada, ella respondió rápidamente:

–No.

Él la miró y luego volvió a fijar la vista en la carretera.

–¿Qué es lo que te atrae más de la idea de libertad?

–Supongo que es el deseo de todo el mundo –ella miró al vehículo que los acompañaba, conducido por un guardaespaldas acompañado de otro.

Ella no podría vivir así. ¿Cómo lo aguantaba Rafiq?

–Mucha gente se contenta con tener una cómoda servidumbre –observó él.

–Quizás. Y tal vez sean más felices que aquéllos que desean la libertad –ella levantó la mirada–. ¿Estás satisfecho con tus cadenas?

–Dime qué piensas que son mis cadenas.

–Bueno, estás forzado a vivir como dirigente de Moraze. ¿No sientes nunca el deseo de ser libre?

Él la miró. Luego volvió a dirigir la vista a la carretera.

–A veces. ¿Y tú? ¿Qué cadenas te sujetan?

Como él, servidumbre a sus antepasados. Pero no le iba a hablar de su padre.

–Oh, ninguna, realmente.

Deseaba no haber sacado aquel tema.

–¡Oh, reconozco este lugar! ¡Es donde tuvimos el accidente! –se inclinó para mirar la carretera–. Me pregunto cómo es que no vi al animal que se cruzó delante de nosotros.

–Es posible que lo hayas visto, pero no lo recuerdes por el shock –dijo él–. La conductora se ha recuperado totalmente, por cierto.

–Todavía me siento culpable porque no he ido a verla –dijo Lexie sin pensarlo.

Él se encogió de hombros.

–Tienes una gran exigencia con tu comportamiento. Ella no esperaba que fueras.

–Es una cuestión de cortesía, simplemente –contestó Lexie. Luego cambió de conversación–. Dime, ¿qué me pongo para la fiesta del hotel? No sé qué es lo apropiado.

Él le dedicó otra mirada enigmática, como si lo hubiera sorprendido.

–El vestido que llevabas la noche en que nos conocimos es perfecto.

A Lexie le encantaba aquel vestido que le había comprado Jacoba. Y no sólo porque iluminaba su cabello y destacaba su piel, sino porque dentro de él ella se sentía otra persona, una mujer más segura.

–¿Estás seguro?

–Sí. El color es importante aquí. Es una cosa del trópico. En países más fríos la gente usa colores más apagados.

–Quizás porque tenemos la piel más clara y los colores vivos tienden a borrarnos.

–Pero a ti no.

–Entonces, me pondré ese vestido.

Él la miró y no dijo nada.

–Te pongas lo que te pongas estarás bien –dijo luego, cuando fijó su mirada en la carretera.

Y ella no supo si era un piropo o una reprimenda a su falta de seguridad en sí misma.

–Gracias –respondió ella.

Se sentía torpe en aquella conversación. Seguramente un par de aventuras le habrían dado experiencia para saber qué tenía que decir.

Aunque tal vez no.

Rafiq de Couteveille no era un hombre normal.

–La jungla me recordó a Nueva Zelanda. Esos árboles tan grandes con enormes troncos... Se parecen a los de mi país.

–La lluvia tropical es igual en todo el mundo. He visto fotos de árboles de Nueva Zelanda. Me impresionó su tamaño y su majestuosidad... la autoridad... de aquellos árboles enormes que crecen en el norte, en Kauri, ¿no son increíbles?

–Sí. Es el árbol icónico del norte de Nueva Zelanda,

junto con el phutukawa de la costa. Los verdaderos señores del bosque.

Ella desvió la mirada, deseando estar de regreso en su casa, alejada de toda aquella belleza peligrosa, de la constante sensación de ser observada y sitiada en cierto modo.

Rafiq había sido amable. Bueno, llevarla a su casa después del accidente había sido más que amabilidad, pero eso no significaba nada. Probablemente hubiera sido igual de considerado si hubiera tenido cincuenta años y canas. ¡Pero no habría habido besos!

La carretera dejó de tener curvas cuando llegaron a las llanuras fértiles, llenas de plantaciones de caña, y granjas donde crecían las flores dibujando un arco iris en la tierra.

Lexie dejó escapar un suspiro.

–Esto es tan hermoso...

–Sí –respondió él tranquilamente–. ¿Estás cansada? Hay un lugar que probablemente te gustaría ver. Está a unos kilómetros de aquí.

–Me siento bien.

Si no tenía en cuenta el mareo que le producía la presencia de un hombre tan potente y masculino.

Rafiq apretó un botón y empezó a hablar en el idioma local al coche que iba delante. Un momento más tarde disminuyó la velocidad, y tomó una intersección y se dirigió a las montañas, entre la jungla, que se hizo más densa a medida que subían.

–Vamos a ir a un lago que ocupa un cráter volcánico extinguido –le anunció Rafiq–. Los isleños creen que es el hogar de un hada extremadamente hermosa y peligrosa, que se divierte seduciendo jóvenes y luego echándolos. Ellos sufren de amor por ella, y se ahogan intentando nadar para volver a sus brazos.

Lexie se reprimió un estremecimiento.

–¿Y esto sucede a menudo?

Él sonrió.

–No que yo recuerde, pero eso puede ser porque la mayoría de los jóvenes tiene cuidado de no ir allí hasta que se casan. Ella no está interesada en los hombres casados, aparentemente.

–¿No tienes miedo? –preguntó ella con una sonrisa pícara.

Luego se arrepintió de haberlo dicho.

–En absoluto. No he conocido todavía a la mujer por la que me ahogaría –dijo cínicamente.

Ella sintió como si le dieran una patada.

¿Le estaba advirtiendo que no se acercase a él?

La noche anterior había interpretado su negativa a seguir la seducción como que él no quería sólo un acercamiento sexual. ¿Se había equivocado?

Quizás la afirmación de hacía un momento quería advertirle que no quería ninguna relación seria.

¿Había alguna forma sofisticada de decirle a él que a ella ni se le había ocurrido que podía quererla?

No, pensó.

Pero él sabía que ella lo deseaba. Su reacción de la noche anterior había sido muy clara. Rafiq era el primer hombre a quien ella había deseado, un hombre terriblemente sexy, considerado, digno de confianza...

¿Quién mejor que él como primer amante?

Y Lexie tomó una decisión, una decisión arriesgada y peligrosa, que tal vez le acarrease sufrimiento.

Pero también sabía que no se arrepentiría de ella.

Por una vez en su vida, se dejaría llevar por sus deseos y dejaría de lado su precaución.

Valdría la pena, pensó, controlando su respiración agitada.

La próxima vez que se besaran ella le dejaría claro que no necesitaba que tuvieran tantos miramientos con ella.

Ella era una mujer libre e independiente y lo deseaba.

El lago del cráter era prácticamente redondo y estaba rodeado por la jungla, y a un lado tenía un semicírculo de acantilados. A pesar de la luz del sol había una especie de neblina sobre él.

Lo único que se oía era el canto de los pájaros, débil y distante.

–Ahora comprendo por qué creció la leyenda –dijo Lexie mirando alrededor–. Es un lugar muy potente. ¿Está caliente el agua todavía?

–No, pero esa neblina está siempre ahí –la miró, ajeno al guardaespaldas que estaba de espaldas, mirando hacia la jungla con los prismáticos–. Supongo que los lagos en los cráteres no son raros en Nueva Zelanda.

–Hay un campo volcánico inactivo no muy lejos de donde vivo yo, y uno de los volcanes extinguidos tiene un lago de un cráter con anguilas como brazos –ella sonrió–. Es un lugar evocativo también, ¡pero tal vez lo sea porque para cuando la gente escala su ladera escarpada está agotada!

Él se rió y le agarró el codo para llevarla de nuevo al coche.

–Tenemos que irnos. Tengo una reunión a la que no puedo faltar esta noche.

Cuando estaban a punto de llegar al castillo, Rafiq dijo:

–No estaré en la cena esta noche, pero mañana por la noche sé de un restaurante encantador donde podemos cenar, si te apetece. El chef es un genio.

Ella se sintió un poco decepcionada, pero lo disimuló.

–Eso sería estupendo, gracias.

Una vez que estuvo a salvo en su habitación, suspiró.

Y se fue al cuarto de baño a darse una larga ducha.

Pensó que debería haber sido una fría.

Y por un momento se preguntó si Rafiq la estaría cortejando...

Pero afortunadamente el sentido común borró sus esperanzas. Pero él no podía fingir el deseo que sentía. Eso era auténtico.

Ella sintió un cosquilleo en el estómago, algo totalmente diferente a lo que había sentido cuando se había dado cuenta de que Felipe estaba interesado en ella. Ella se había sentido halagada y había disfrutado de su compañía, pero no podía compararse con lo que sentía en aquel momento.

Mientras se secaba se preguntó qué estaría haciendo Felipe. Desde el accidente había pensado muy poco en él. Cuando estaba con Rafiq, su mente no tenía lugar para nadie más.

Pero tal vez debiera comunicarse con él y decirle finalmente que su relación había terminado.

Él tampoco se había comunicado con ella, y como él pensaba pasar sólo un par de días en Moraze, tal vez incluso ya no estuviera allí. Tal vez no lo volviese a ver, una idea que le daba una sensación de alivio y libertad.

Y mientras cenaba sola recordó las palabras de Rafiq de que todavía no había conocido a una mujer por la que podría ahogarse.

Le había hecho daño el comentario.

Pero era mejor que se acostumbrase, porque no iba a ser cobarde y cambiar de parecer.

Lexie pasó la mañana siguiente descansando y leyendo un par de libros que Rafiq le había enviado por medio de la criada.

El primero era una novela de un autor local, y el segundo una guía de la isla con hermosas fotos.

Luego había nadado en la piscina.

Para la cena se puso uno de los vestidos que había llevado, uno dorado, lo que resaltaba el color de su pelo. No estaba mal, pensó.

Luego Rafiq y ella estarían solos, pensó, nerviosa. Tal vez se besaran... Y ella volvería a sentir aquella sensación agridulce al estar en sus brazos.

Y aquella vez en lugar de seguir el mandato de la cabeza, le daría a entender que estaba lista para el siguiente paso.

Rafiq condujo el coche hasta el restaurante.

Hablaron de la isla y su belleza en el viaje.

Unos kilómetros más lejos llegaron a un edificio con luces y música.

–Como la industria del azúcar fue racionalizada hace años, algunos de los antiguos molinos fueron transformados en lugares como éste, donde la gente del lugar se encuentra para cantar y bailar, e incluso tocar música. Ahora los están descubriendo los turistas, pero he pensado que tal vez preferirías un lugar más pequeño e íntimo. ¿Estás de acuerdo?

–Me parece perfecto.

Hicieron el resto del viaje en silencio, aunque entre ellos había una atmósfera eléctrica.

Rafiq dobló y tomó una carretera estrecha que los llevaba nuevamente a la costa.

Lexie mantuvo la mirada en un arrecife que había alrededor de un cabo que sobresalía como un castillo gigante, austero contra el cielo lleno de estrellas.

El coche de Rafiq era conocido. Cuando llegaron al lugar los fue a recibir un hombre que les señaló un lugar en el aparcamiento lejos del pequeño patio.

¿A cuántas mujeres habría llevado Rafiq allí?, se preguntó ella.

Lexie sintió una punzada de celos.

Pero tenía que vivir el momento.

Y decidida a hacerlo, entró con Rafiq al restaurante.

Fue una noche encantadora.

Comieron un soberbio marisco, bebieron champán, y él le habló de sus planes de futuro para su país, aunque le advirtió primero:

–Te voy a aburrir.

Lexie levantó las cejas.

Nada sobre él le aburría, y sospechaba que él lo sabía.

–Como ciudadana de otra nación en una pequeña isla, con algo menos de gente que Moraze, estoy interesada en cómo ves tú el futuro.

–Espero que algún día sea un país independiente y

autosostenido bajo el poder de un primer ministro –dijo él–. Pero falta tiempo todavía para que lleguemos a ese punto. La democracia no es fácil de establecer aquí. Mi padre y mi abuelo eran benevolentes autócratas de la vieja escuela, así que me toca a mí introducir los cambios. Y los viejos hábitos no se quitan fácilmente. Pasará probablemente otra generación antes de que las reformas se instalen firmemente y los ciudadanos de Moraze sean sus propios dirigentes.

–¿Y no lamentas entregar el poder?

–No –él la miró–. La orquesta está tocando. ¿Te apetece bailar?

Al parecer en Moraze el baile era algo que estaba en todas partes. Afortunadamente, Lexie había acompañado a las clases de baile a una compañera del instituto. Si hubiera sabido que bailaría algún día con un exótico dirigente de una isla del océano Índico, habría prestado más atención a los pasos, pensó mientras se ponía de pie con él.

Con el corazón galopando, fue a los brazos de Rafiq.

Él se movía con suavidad y gracia. Lexie se sentía embriagada con su cercanía.

Su magnetismo sexual era abrumador. Y ella se sintió turbada.

Parte de ella quería terminar con aquellos preliminares y volver al castillo para abandonarse a su deseo. La otra parte, disfrutaba de aquel momento como si fuera algo muy preciado, una comunicación entre ellos con los ojos y todos los sentidos.

Era una excitación que anticipaba lo que vendría después.

Al principio conversaron, pero luego se quedaron callados.

El brazo de Rafiq apretó la espada de Lexie, y la respiración de ésta se hizo más irregular, mientras sus cuerpos se rozaban y se balanceaban al compás de la música.

Y Lexie se olvidó totalmente de que estaba con otra gente que podía mirarlos con curiosidad a pesar de las luces tenues.

Con sus ojos fijos en Rafiq, ella bailó en una nube de deseo.

–Vayámonos de aquí –le dijo él.

–Sí –contestó ella en una voz que no reconoció.

Capítulo 7

PERO una vez en el coche Lexie se quedó inmóvil.

–Ponte el cinturón de seguridad.

–Oh –dijo ella.

Él dijo algo poco amable y se inclinó para ponérselo.

Lexie esperó a que terminase y se apartase. Pero él en cambio, una vez puesto el cinturón, la besó.

A ella se le borró todo de la mente, excepto su deseo.

Agarró su camisa y lo besó también.

Unas luces llegaron a sus ojos a través de los párpados a medio cerrar.

Tardó en darse cuenta de que no era su ardiente deseo lo que la hacía verlas, sino unas luces de verdad.

Rafiq levantó la cabeza.

–Esto es... no es mi estilo habitual. Supongo que tampoco el tuyo, ¿no?

–No –admitió ella.

Rafiq puso en marcha el coche y dijo, serio:

–Creo que me debes estar volviendo loco.

–Conozco esa sensación.

Él la miró ferozmente otra vez, luego sonrió, le tomó la mano, y la llevó junto con la suya al volante. Sólo la soltó cuando llegaron a un pequeño pueblo en el camino a su casa.

Lexie la apoyó en su regazo, un poco decepcionada por el sutil rechazo. Por supuesto que lo más probable fuera que tenía que concentrarse en la conducción, pero... ¿Y si él se sentía avergonzado por desearla?

¿Habría sido por ello que la había llevado a aquel apartado pequeño restaurante? Después de todo, ella era la hija de uno de los dictadores del siglo más despreciados.

Era una tontería, porque probablemente él no supiera quién era su padre. ¡Y ella no era responsable de lo que había hecho Paulo Considine!

¿Por qué Rafiq iba a estar avergonzada de él?

El traje que llevaba la hacía delgada y elegante, y resaltaba su figura atlética y el color de su piel y de su pelo. Jacoba la habría eclipsado de haber estado a su lado. ¡Pero Jacoba siempre tenía ese efecto en cualquier mujer!

Rafiq simplemente había elegido un lugar discreto, y ella le agradecía haber sido tan comprensivo.

Y pronto ella estaría en sus brazos y dejaría de lado todas sus reservas.

Aunque aquel pensamiento debería haberla preocupado, por el hecho de perder el control totalmente con un hombre que apenas conocía, se sintió satisfecha y contenta.

De todos modos, estaba empezando a saber más cosas sobre él.

Rafiq era amable y considerado, además de increíblemente sexy. También era extremadamente inteligente, y quería lo mejor para su país y su gente.

Ella se irguió en el asiento y miró por la ventanilla la noche estrellada.

El orgullo era algo difícil con lo que tratar, pensó

ella con una débil sonrisa. Pero de momento eso era todo lo que tenía: orgullo y aquel deseo totalmente ajeno a sí misma.

Y sabía que aquel ardor no llegaría a nada. Lo mejor que podía pasar era que se quemase en el fuego de la pasión.

No esperaba que Rafiq fuera recíproco. Se sentiría incómodo si supiera lo deseosa que estaba de descubrir lo que significaba hacer el amor con él.

Era mejor que creyera que ella estaba disfrutando simplemente de una aventura de vacaciones.

–¿En qué estás pensando? –preguntó Rafiq deteniendo el coche frente a las grandes puertas del castillo.

–Sólo estaba divagando mentalmente –ella se puso colorada al mentir.

Rafiq apagó el motor del coche y sonrió. La luz de la luna iluminó sus facciones, y el corazón de Lexie se llenó de él.

Ella se dejó llevar por la ola de deseo que había estado amenazando con irrumpir durante toda la noche. Aquello valía la pena vivirlo, aunque en el futuro le acarrease dolor.

Una vez en el castillo Rafiq sugirió que tomasen algo.

–Tenemos nuestra propia destilería aquí. Sé que te gusta el vino, pero al menos deberías probar una vez el ron de Moraze. Es dulce y tiene esencia de flores.

Después del primer trago, ella dijo:

–Tienes razón. Es delicioso –Lexie se acercó a la ventana con el vaso. Miró el lago, que brillaba como la plata bajo el cielo oscuro–. Siempre recordaré Moraze así –suspiró–. Esta isla tropical es un sueño hecho realidad, con sus flores, su sol y sus risas.

Y aquella luz de luna y aquella pasión...

La voz de Rafiq se oyó por detrás de ella.

–No es totalmente romántica. Tenemos huracanes, y ha habido mareas altas. Y aunque los isleños sonrían, también lloran.

–Así es la vida, ¿no crees? Lo dulce junto a lo amargo. Pero esta noche, me entregaré a mi romanticismo interior.

Él inclinó la cabeza y le besó el cuello por detrás. Ella se estremeció.

–Será un placer desatarlo –respondió él y mordió suavemente su piel.

Los temblores de Lexie se transformaron en excitación. Todas las terminaciones nerviosas reaccionaron a su tacto.

Pasara lo que pasara, ella tenía aquello, pensó, dándose la vuelta para mirarlo. Y aquello era suficiente para aquella noche.

–Bésame –le ordenó él–. Llevo horas observando tu boca, imaginándola apretada contra la mía. Bésame.

Sonriendo, ella tomó la cara de Rafiq entre sus manos. La punta de sus dedos sintieron la fuerza de las líneas de su cara, trazaron el contorno de sus labios, acariciaron sus pómulos.

Ella se excitó más aún, y sus huesos se derritieron.

Rafiq bajó la cabeza y un fuego ardió entre ellos cuando la besó.

Con un suspiro de alivio, Lexie se apretó contra él, entregándose a la magia del momento, en aquel lugar, a aquel hombre.

Fue más que satisfacción física sentir su cuerpo duro contra ella, sus brazos que la apretaban, y el latido de su corazón. Saber que ella podía provocarle aquello era un afrodisíaco en sí mismo.

–En mis brazos eres como el brillo del sol y la luz de la luna –dijo él contra sus labios, remarcando cada palabra con un beso–. Eres dorada y tibia. Pero detrás de esos ojos azules encendidos hay secretos, profundidades tan misteriosas como una noche sin estrellas.

–No hay secretos –mintió Lexie, y él lo sabía.

Ella vio el cambio en sus ojos.

Como no quería estropear aquello, Lexie sonrió.

–No hay secretos importantes. Sólo las cosas normales que nadie quiere reconocer.

Él la miró con aquellos ojos penetrantes un momento.

–Todos tenemos secretos –comentó él, y la besó nuevamente antes de apartarse y poner distancia diciendo–: Creo que necesitas descansar. Dices que estás totalmente recuperada del accidente, pero todavía hay rastros de ojeras en esos hermosos ojos.

A pesar de que ella se sintió decepcionada y frustrada, sonrió, asintió y lo acompañó.

Frente a la puerta de su habitación él le agarró la mano y le besó la palma.

–Que duermas bien –le deseó.

Y se marchó.

Horas más tarde, ella pensó que las ojeras de sus ojos tenían el origen en las noches que no había podido dormir, por las fantasías eróticas que tenía con Rafiq.

Pero finalmente se quedó dormida.

Al día siguiente Rafiq la llevó a un picnic en una bahía apartada en una de las fincas reales.

Comieron a la sombra de un gran árbol y nadaron en agua tibia como la leche, y aunque apenas se tocaron, Lexie estuvo feliz.

Era maravilloso no sentirse presionada por él, aunque ella supiera que él la deseaba.

Él no lo había ocultado.

Sus miradas, sus sonrisas... todo se lo decía.

Harían el amor cuando estuvieran preparados, se dijo, mientras se arreglaba para la fiesta del hotel. Hasta entonces ella se contentaba con flotar en aquel sueño de pasión.

Se puso el vestido color crema con sus sandalias de tacón, y se maquilló con la maestría que le había enseñado su hermana.

Cuando estuvo lista se apartó del espejo y se miró con una sonrisa.

«Ten cuidado», le advirtió su mente.

Pero ella sabía que su corazón no le haría caso.

Sus emociones guiaban sus acciones, y sentía por dentro la adrenalina impulsándola como una droga.

Al final de la escalera miró la foto de la hermana de Rafiq con compasión.

¿Por qué él no le había mencionado a su hermana Hani?

Tal vez el dolor de su pérdida todavía estuviera vivo.

Cuando entró al salón vio a Rafiq hablando por teléfono móvil con un tono autoritario en el francés local.

Él levantó la mirada y ella vio un brillo de deseo en sus ojos.

Recordaría aquel brillo toda su vida, se dijo ella.

–Ese color te queda muy bien –le dijo él–. ¿Entiendes francés?

–No. Hablo maorí.

E illyrio, pero no lo iba a admitir. Porque podía desembocar en preguntas que no quería responder.

Tomaron la carretera de la costa hacia el hotel.

Cuando llegaron Lexie aspiró el olor de las flores que decoraban el lugar.

–Siempre hay dos inauguraciones de cualquier edificio en Moraze. La primera es para la gente que hace el edificio, y luego hay otra más formal, como aquélla a la que asististe la otra noche, donde interviene el factor publicidad. Aquélla fue un poco remilgada. Ésta no lo será.

El año que había pasado en Illyria se había acostumbrado a tener que asistir a eventos con la familia real, pero en el momento en que entró con Rafiq en aquel hotel se dio cuenta de que aquella ocasión era muy especial.

Los recibieron con aplausos y saludos.

Como no era la hija única del dictador que tenía aterrado a todo el mundo no era difícil devolver la sonrisa y relajarse en medio de los cálidos saludos.

Hasta que vio una cara que reconoció.

Debió de amedrentarse porque Rafiq le preguntó:

–¿Qué sucede? ¿No estás bien?

–Estoy perfectamente bien.

Después de todo, ¿por qué diablos iba a tener miedo de Felipe Gastano?

Felipe fue hacia ellos con una sonrisa y con la actitud de alguien que está seguro de que será bienvenido.

–Querida Alexa –dijo, se inclinó para besar su mejilla.

Rafiq la acercó un poco más a su lado y el intencionado beso resultó abortado.

Algo brilló un momento en los ojos de Felipe, pero su sonrisa permaneció fija mientras asentía a Rafiq.

–Lo siento –dijo con tono de disculpa, lo que irritó a Lexie–. Me puse tan contento al ver a mi vieja amiga que se me ha olvidado el protocolo. Señor, es un placer estar aquí en esta auspiciosa ocasión.

–Nos alegramos de verlo aquí –dijo Rafiq.

Fue un saludo aparentemente sincero. Sin embargo, aquellas palabras serenas pusieron los pelos de punta a Lexie.

Ella percibió una fuerte emoción debajo de su frío autocontrol, y se preguntó si ella sería la causa.

Felipe pareció no notarlo. Aún sonriendo, miró a Lexie un momento. Luego se dirigió nuevamente a Rafiq y agregó:

–Quería ver si mi amiga Alexa estaba disfrutando de todo lo que Moraze tiene para ofrecer a sus invitados.

Lexie se preguntó qué quería decir con aquellas enigmáticas palabras.

El nivel de ruido aumentó notablemente de repente, propiciado por un grupo de músicos que se reunieron alrededor de una hoguera hecha sobre la arena.

–Espero que disfrute de la noche –dijo Rafiq fríamente–. Después de unos pocos discursos oficiales breves habrá baile en la playa –sonrió–. Nuestros bailes locales son parte de los entretenimientos que tenemos.

–Estoy seguro de que me resultarán interesantes –dijo Felipe mirando a Lexie significativamente.

Lexie miró a Felipe. Y luego se sintió aliviada al

ver que éste daba un paso atrás para dejar que se presentase otra pareja.

Como había prometido Rafiq la parte oficial de la velada fue corta, acompañada de champán y brindis, y entonces la fiesta realmente empezó.

En la playa la banda empezó a tocar con ritmo. Había guitarras y teclados mezclados con viejos instrumentos: un triángulo, un tambor y una calabaza con semillas dentro.

–El grupo de danza del hotel hará una exhibición primero, pero más tarde la gente se unirá al baile –le dijo Rafiq cuando la gente empezó a irse a la arena para ver mejor el espectáculo–. Te parecerán un poco diferentes a los bailes de occidente. En el *sanga*, la gente no se toca.

Cuando vio a los bailarines con sus trajes de colores, Lexie pensó que no necesitaban hacerlo.

El *sanga* era un baile erótico sin necesidad de ello.

Las mujeres lo comenzaron, levantando sus faldas largas mientras los hombres se acercaban con pasos sensuales. Se movieron al compás de la música con los pies descalzos, y bailaron cambiando sus parejas hasta que por fin se quedaron con una en particular.

Cuando sucedió eso el tambor empezó a sonar en un crescendo y el baile se hizo más provocativo.

Ambos, hombres y mujeres se seducían con el baile, moviendo sus caderas, sugiriendo un encuentro más íntimo, sonriéndose y mirándose a los ojos.

La magia del baile, el ritmo de los tambores y la primitiva fuerza del fuego, el calor y los colores vivos de las mujeres, incendiaron el interior de Lexie. Sus mejillas se encendieron junto con el brillo de sus ojos.

Y entonces, con los tambores en su momento más álgido, hubo de pronto un alto que pareció dejar al mundo suspendido dramáticamente en silencio.

Después de unos segundos la gente empezó a aplaudir. Y entonces los bailarines se relajaron. Algunos se reían, otros, se marchaban juntos, pero sin tocarse, notó Lexie.

Evitando cuidadosamente la mirada de Rafiq, ella miró a través de las llamas de la hoguera y se encontró con la sonrisa cínica de Felipe Gastano.

Ella asintió, deseando no haber sido nunca tan estúpida como para salir con aquel hombre.

Como si hubiera intuido su inquietud, Rafiq preguntó:

–¿Te gustaría ver el hotel? Los jardines y la piscina son magníficos.

–Me encantaría –dijo ella, agradecida de tener la oportunidad de apartarse de muchas miradas curiosas.

Caminaron a través de unos árboles. Lexie recuperó parte de su compostura mientras admiraba los gloriosos jardines y la piscina, que parecía diseñada para un sueño árabe.

Pero pronto Rafiq la volvió a sobresaltar.

–Espera un momento –le dijo.

Ella se detuvo con él y lo miró.

Él estaba sonriendo, pero la intensidad de su mirada le advertía de lo que iba a venir.

Y ella se estremeció.

–Se me ha olvidado decirte lo encantadora que eres.

El beso fue sólo un aperitivo, uno robado antes de volver a estar con la gente, pero ella deseaba más.

Los árboles los escondían de la gente de la playa,

pero ella no pensaba que Rafiq hiciera demostraciones en público.

Al salir de entre los árboles ella se sintió como si todo el mundo hubiera visto ese beso.

–Me temo que tengo que dejarte un momento –dijo Rafiq. Hizo una seña a un joven apuesto para que se quedara de pie al lado de ella–. Puedes comentar el baile con Bertrand –agregó Rafiq después de presentarlos.

Lexie habló con Bertrand, un joven respetable que sabía mucho sobre bailes de Moraze, quien le dijo que las diferentes regiones tenían diferentes versiones del baile. Algunas más comedidas.

–Y algunas menos comedidas. Pero no verá ninguna de ellas esta noche. Porque todo el mundo quiere hacerlo lo mejor posible delante de nuestro dirigente.

Lexie lo animó a hablar de Rafiq. Y el joven lo puso casi a la altura de los dioses.

–Se está riendo de mí –dijo Bertrand, compartiendo con ella la risa. Luego se puso serio y dijo–: Yo me siento totalmente en deuda con él. Sin su intervención, yo estaría cortando caña de azúcar o flores en el campo. Él es miembro de la junta que decide quién se merece tener educación en la universidad. Y aunque yo era un mal estudiante en el colegio, él los convenció de que me dieran la oportunidad. Todo el mundo pensó que no lograrían nada conmigo, menos el Emir. Yo moriría por él.

–Es un dirigente con suerte si puede inspirar esa lealtad en su gente –dijo Lexie, convencida.

Ella también había experimentado la consideración de Rafiq y su honestidad.

Bertrand se puso de pie y dijo:

–Oh, tengo que dejarla sola un momento. Tengo que encontrar a alguien que le haga compañía.

–No –dijo ella–. Vete. Yo estaré bien.

–No tardaré –dijo el joven. Sonrió y después de hacer una inclinación de cabeza se marchó.

Lexie, sonriéndose a sí misma, lo observó desaparecer entre la gente y dirigirse a una mujer de mediana edad que estaba sola.

–El hombre con el que estabas es uno de los hombres del servicio de seguridad del príncipe Rafiq –oyó una voz por detrás de ella–. Y esa mujer es su superior.

Lexie se sobresaltó. De pronto se sintió sola y desprotegida.

–Hola, Felipe –dijo ella–. Siempre he pensado que los hombres de seguridad eran altos y con cuellos más anchos que sus cabezas...

–Los guardaespaldas, tal vez. Los otros, son de todos los tamaños y formas. Y creo que éste va a recibir una reprimenda del príncipe Rafiq por dejarte sola.

–No estoy en peligro –contestó ella mirándolo.

Felipe sonrió con su habitual encanto y habló con tono seductor.

Pero a ella la dejaba fría.

–Por supuesto que no lo estás. Pero ya sabes cómo es esta gente rica y poderosa. Ven peligros por todas partes –Felipe dirigió su mirada a Lexie–. ¿Sabes que se dice que el príncipe Rafiq está muy interesado en su huésped?

–Los rumores son, como siempre, exagerados –respondió. Y de pronto decidió decirle algo, a pesar de no ser el momento adecuado–. Felipe, tengo que decirte...

–Ahora, no –la interrumpió.

Felipe quería algo. Ella lo intuía. Y no era ella personalmente, reflexionó.

No se había dado cuenta hasta aquel momento: nunca le había interesado ella, sino que ella había sido siempre un medio para algún fin que no había revelado.

Antes de que Lexie pudiera terminar, Felipe siguió:

–Y no aquí. Mejor más tarde, cuando de Couteveille te deje libre.

–No soy una prisionera –dijo ella automáticamente, deseando terminar aquella conversación–. Y creo que este momento y este lugar son tan buenos como otros cualesquiera para decir adiós.

Felipe Gastano sonrió.

–¿Y eso es todo? –se encogió de hombros–. Bueno, ha sido divertido mientras ha durado, ¿no?

–Sí, ciertamente lo he disfrutado.

–Te lo agradezco. Quizás no haya... conseguido lo que creía que queríamos ambos, pero yo también he disfrutado del tiempo que hemos pasado juntos. No obstante, antes de irme, hay algo que debo decirte. Después de tu pequeño accidente, intenté ponerme en contacto contigo, pero no me lo han permitido, ni por teléfono ni por correo electrónico.

–¿Qué quieres decir? –ella sintió frío de repente.

–Simplemente que al parecer alguien está controlando tu comunicación con el mundo exterior.

–Estoy segura de que te equivocas –respondió ella.

–¿Por qué no le preguntas a Couteveille? Está viniendo hacia aquí. Y si no me equivoco, no parece muy contento de vernos conversando.

Era verdad. Rafiq la estaba mirando con curiosidad mientras se acercaba. Cuando se dirigió a Felipe su tono fue frío, pero no brusco.

Felipe conversó un rato acerca del hotel antes de que Rafiq y Lexie se marcharan.

A partir de entonces Rafiq y Lexie no volvieron a estar solos. Estuvieron en la fiesta una hora más, y después de otra actuación del grupo de bailarines se marcharon.

En el camino de regreso al castillo Lexie se dio cuenta de que Rafiq tenía cierto aire cohibido. Estuvo cortés, entretenido, interesante, pero inaccesible.

Las palabras de Felipe rondaban su cabeza y le hubiera gustado confrontarlas con su anfitrión. Sin embargo el sentido común le decía que era absurdo que Rafiq estuviera controlando su comunicación.

Más tarde, cuando estaban entrando por los portones del castillo, Lexie dijo:

–Felipe me ha dicho que ha estado intentando comunicarse conmigo, pero que los empleados no se lo permitieron.

–Es posible. Tengo gente que está acostumbrada a tratar con los medios de comunicación, y se han ocupado de todas las llamadas relacionadas contigo. Les he dado el nombre de tu hermana, que es por lo que te pasaron su llamada. Pero tengo la impresión de que tú no querías hablar con Gastano. Si me he equivocado, por supuesto lo agregaré a la lista.

–No, no importa, gracias. No volverá a llamar.

En cuanto a los correos electrónicos, aunque Felipe tenía su dirección correcta, era verdad que no había recibido ninguno.

–¿Se acercaron muchos medios de comunicación?

–Unos pocos. Algunas agencias grandes de noticias tienen gente en la isla, y por supuesto las noticias corren rápido –su tono se endureció–. Pensé que no te gustaría estar en las columnas de cotilleo.

–Tienes razón.

Sus breves encuentros con periodistas y paparazzi habían resultado en un gran rechazo por toda la industria. En Illyria la habían protegido de sus excesos, pero ella había visto los problemas que podían causar, y si Jacoba se enteraba de que ella estaba alojándose en el palacio del dirigente de Moraze, enviaría al príncipe Marco para averiguar lo que estaba sucediendo.

Y lo que ella menos quería era que Rafiq descubriese quién había sido su padre.

La sinceridad iría de la mano de la vergüenza. Tal vez ella debería decírselo en aquel momento. Pero se le hacía un nudo en la garganta. Los pecados de los padres se trasladaban a sus hijos, pensó, recordando con cuánta desconfianza la miraban los habitante de Illyria.

Hasta ella se había preguntado si habría heredado algo de la brutalidad de su padre.

En el interior del castillo Rafiq le preguntó:

–¿Te lo has pasado bien?

–Sí, mucho. Ha sido interesante conocer a la gente que ha trabajado en el proyecto. Y han cantado muy bien.

–¿Qué opinas del baile? –preguntó él, divertido.

Estaban caminando hacia la terraza del pabellón y la piscina.

–Es muy sexy. ¡Y muy atlético! Por momentos he pensado que se iban a dislocar las caderas.

Él se rió echando la cabeza atrás.

–¿No te dieron ganas de bailarlo?

–Conozco mis limitaciones. ¿Sabes bailarlo tú? –preguntó Lexie con curiosidad.

–Todo habitante de Moraze sabe bailar nuestro baile nacional. Las niñeras nos lo enseñan en la cuna, o eso dicen.

Caminaron hasta el pabellón, con sus cortinas traslúcidas flotando lánguidamente en la brisa perfumada. La luna brillaba poniendo luz de plata a todo lo que tocaba, dándole un aire poco terrenal a la piscina, a los nenúfares blancos y rosas...

Lexie tragó el nudo de su garganta y dijo:

–Probablemente haya que aprenderlo en la cuna para ser capaz de bailarlo sin caerte o hacer el ridículo totalmente. Y la práctica constante debe ser necesaria para tener flexibilidad en las piernas y en las caderas.

–No es para tanto. Para bailar apropiadamente se necesitan tambores y música –la miró–. Pero me gustaría enseñarte –agregó.

–¿Enseñarme el qué?

Capítulo 8

LEXIE tragó saliva otra vez.

Él estaba hablando de bailar no de hacer el amor. Él ni siquiera sabía que ella era virgen, y ella no tenía intención de decírselo.

–Lamentablemente, no creo que esté aquí el tiempo suficiente como para aprender... a bailar, quiero decir.

–Tú tienes mucha gracia, así que estoy seguro de que tienes una aptitud natural para el baile –sonrió él, burlón.

–Eso no lo sé –ella desvió la mirada.

Se puso nerviosa al ver que había una mesa puesta con algo para picar y una botella de champán.

–He pensado que podríamos brindar por tu estancia en Moraze –le dijo Rafiq–. He notado que no has bebido nada más fuerte que zumo de fruta con un poco de alcohol, pero espero tentarte con el champán.

Lexie sabía que lo más sensato era tener la mente clara en una situación como aquélla y rechazar el alcohol para tener control completo sobre sí misma.

Pero una mujer sensata no se habría arriesgado a pasar una noche con Rafiq. Ni se habría dejado llevar por la música de la fiesta, la cual era una invitación para los sentidos.

Y ninguna mujer sensata habría aceptado tomar una copa con él después de la fiesta.

De acuerdo, ella no era sensata. Ciertamente no iba a volver a su árida y solitaria habitación.

–No es difícil tentarme... Con el champán –aclaró cuando se dio cuenta de lo que había dicho.

Se puso colorada.

Rafiq levantó las cejas. Y luego se puso a destapar el champán.

«Sorbos pequeños», se prometió ella. Sorbos pequeños a intervalos largos.

Y cuando volviera a la vida real recordaría aquella noche en Moraze sin arrepentimiento.

Se alegraría de que el hombre que le había provocado aquellas sensaciones e impulsos fuera un hombre honorable e íntegro.

–Bueno –dijo Rafiq levantando la copa–. Brindemos por tu continuada buena salud.

Después de un trago ella comentó:

–¡Oh! Es un champán muy bueno.

–Es francés, por supuesto. Moraze produce algunos vinos de mesa muy buenos, pero para el champán elegimos el francés. Me alegro de que te guste.

Lexie hizo el primer comentario que se le pasó por la cabeza:

–Nueva Zelanda produce buenos vinos también.

–Sí. He bebido un Pinot Noir del sur de South Island y algunos tintos muy buenos de una isla de la costa de Auckland.

–Waiheke. Tiene su propio microclima –dijo ella.

A sus palabras siguió un silencio, demasiado cargado de pensamientos no pronunciados.

–No soy una entendida, pero me gustan los vinos hechos en Marlborough con uvas de Sauvignon Blanc.

Al norte de North Island, donde vivo yo, los agricultores de viñedos están tratando de usar variedades de uvas poco habituales para ver cuál se adapta mejor a la humedad y el clima cálido.

«¡Brillante!», se dijo. Sabía muy bien hablar de banalidades.

–¿Podemos dejar de dar rodeos? –sugirió Rafiq.

–No sabía que los estábamos dando –mintió Lexie.

Rafiq extendió el brazo para agarrar su copa. Después de un momento de duda, ella se la dejó y él la apoyó en la mesa baja.

La luz de la luna brillaba en su camisa blanca, destacando el ancho de sus hombros, sus estrechas caderas y su cintura.

–Por supuesto que sí –respondió él irguiéndose y sonriéndole–. Somos como dos espadachines, tú y yo, continuamente luchando para conseguir ventaja. Pero es hora de que se acabe.

Ella sintió un nudo en el estómago. Cuando él la miraba así ella no sentía más que su deseo, potente y fuerte.

–Tu piel es mucho más fina que la seda que llevas. Llevo toda la noche deseando tocarla –dijo él con voz sensual, y agachó la cabeza para besar el lugar que habían acariciado sus dedos.

Cuando él la besó, ella sintió un placer recorriéndola toda. Luego sintió sus manos en su espalda. Rafiq la atrajo hacia él. Ella suspiró su nombre y lo besó con pasión.

El beso terminó demasiado pronto.

Rafiq levantó la cabeza y la miró con sus ojos verdes intensos.

–Es la primera vez que te has permitido pronunciar mi nombre.

De pronto, el simple hecho de pronunciar su nombre le pareció mucho más íntimo que los besos que habían intercambiado.

–Tú nunca me has dicho que podía hacerlo –aclaró ella.

Él sonrió.

–No sabía que los habitantes de Nueva Zelanda eran tan estrictos con la etiqueta. De hecho, pensaba que eran como dice la publicidad, unas personas muy relajadas.

Pero su madre no había sido de Nueva Zelanda. Había sido de Illyria, y había criado a sus hijas para que fueran más formales que sus amigas.

Rafiq siguió:

–Nos hemos besado. Eso te da el derecho a llamarme como quieras –y la volvió a besar, esta vez suavemente–. Y a mí el derecho de llamarte dulce Lexie, ¿no?

¿Dulce? ¿Quería dar a entender que sabía que era virgen?

–No creo que sea dulce. Práctica, quizás.

Pero una mujer práctica no estaría allí, en sus brazos.

–¿Te sientes práctica ahora? –preguntó él en voz baja y tierna.

Ella cerró los ojos, con temor de que él viera lo que estaba sintiendo, el abandono total, un deseo desesperado.

–No.

–¿Cómo te sientes?

Al ver que ella no contestaba, Rafiq se rió suavemente.

–¿Un poco salvaje? –puntuó cada palabra con besos suaves.

Pero por debajo latía un deseo feroz, tan feroz como el de ella.

–¿Imprudente?

–Sí –dijo ella simplemente.

Sabía que después de aquello no habría marcha atrás.

Pero no le importaba. Porque no había nada que más quisiera que aprender de Rafiq en la forma más íntima.

¿Y luego qué haría?

¡Oh! Ya se ocuparía más tarde.

De pronto él la levantó en brazos y la llevó a través de la casa hacia la cama doble.

La dejó en el suelo al lado de ella, deslizándola por su cuerpo, de manera que al rozarlo ella notase su evidente erección.

Temblando de deseo, ella no podía apartar la vista de los ojos de Rafiq.

–Este vestido es muy seductor. He deseado desabrochar estos botones...

Sus manos iban acompañando sus palabras mientras hablaba.

Ella se quitó la parte de arriba, y luego se dio cuenta de que lo único que separaba sus pechos de sus manos era el sujetador.

¿Debería quitárselo?

En ese momento ella sintió sus manos en el cierre, hábiles, pensó ella con una punzada de celos cuando él le quitó el sujetador.

Rafiq se quedó de pie mirándola con deseo.

–Eres... perfecta –dijo.

Y la besó, envolviéndola con sus brazos.

La caricia de su beso borró toda inhibición. Gimiendo, Lexie se agarró a su camisa mientras él jugaba eróticamente con su cuerpo.

–No –murmuró ella.

–¿Qué?

–No pares.

Él la miró a los ojos.

–¿Estás segura?

–Por supuesto. Si paras, te mato.

Rafiq la envolvió nuevamente con sus brazos y la dejó en la cama.

Estremecida de excitación, ella lo observó quitarse la camisa.

La luz de la lámpara hacía brillar su torso, musculoso y fuerte. Cuando sus manos se movieron hacia el cinturón de sus pantalones, ella apartó la mirada, consciente, de repente, de su falta de experiencia.

¿Debía decírselo?

¿Pensaría que ella era una especie de frígida rara?

Y peor aún, ¿Se dejaría llevar por su caballerosidad y rechazaría hacer el amor con ella?

Reprimiéndose una confesión que amenazaba con salir a la superficie, ella se quitó los zapatos. Rafiq se acercó a ella. Lexie tragó saliva. Su masculinidad, despojada de su traje a medida, la impresionaba.

Rafiq empezó a quitarle el vestido. Hizo una pausa cuando vio las sombras de las heridas de las costillas.

–Acaban de quitarse –aclaró ella.

–No quiero hacerte daño –Rafiq se inclinó y se las besó.

Ella se estremeció tan intensamente que la sensación le llegó al alma.

–No podrías hacerme daño –dijo Lexie.

Al ver que él dudaba, ella contuvo la respiración en señal de súplica.

–Tendré mucho cuidado. Debes decirme si te duele algo.

–Lo haré.

De pronto se le cruzó un pensamiento:

¿Y si él pensaba que ella estaba usando algún método anticonceptivo?

Como si le hubiera leído el pensamiento, Rafiq le preguntó:

–¿Has tomado alguna medida anticonceptiva, dulce mía?

–No –balbuceó, incómoda.

–No hay problema –Rafiq se levantó de la cama.

Lexie sabía que debía sentirse aliviada, y sin embargo se sobresaltó al descubrir que la idea de tener un hijo de Rafiq le producía un sentimiento de añoranza.

Miró hacia abajo y descubrió el tanga que su hermana le había insistido en que llevara debajo del vestido de seda.

¿Debía quitárselos?

Lexie se puso colorada.

–¿Qué te preocupa?

Era aterrador ver cómo él le leía los pensamientos.

–Nada.

Pero cuando volvió a estar en sus brazos todos sus temores se le pasaron, ahogados por un deseo intenso y voluptuoso.

–Tienes sabor a deseo, tibio y sedoso –dijo él.

Rafiq le acarició el pecho, y ella se estremeció.

–¿Qué sucede?

–Yo... Sólo... No puedo... Te deseo tanto –dijo ella sinceramente.

Rafiq se rió sensualmente. Ella movió las caderas con un movimiento involuntario como pidiendo algo que deseaba desesperadamente.

–Eres tan sensible, tan apasionada, paloma mía. Pero tímida... No me voy a romper si me tocas...

Ella le acarició el pecho. Sintió la suavidad de su piel, sus músculos fuertes...

–Sí –susurró Rafiq, rozando su pecho con su aliento–. Tócame, Lexie...

Con cuidado, ella pasó una mano por su hombro. Sus dedos se deslizaron por aquel torso formidable. Ella tenía la respiración agitada. Se inclinó y su cabello cayó encima de él. Entonces besó el camino que habían hecho sus dedos, regocijándose al sentir el latido de su corazón.

Ella abrió la boca y lo lamió, saboreándolo: un gusto levemente salado, levemente ahumado, todo hombre vigoroso.

La pasión era una llama dolorosa, una sensación tan intensa que ella no tenía lugar para nada más.

–Eres hermoso –dijo ella con voz sensual.

–Ah, no. Eso es lo que yo tengo que decirte a ti. Pero «hermosa» es una palabra que no expresaría toda tu belleza. En el momento en que te vi por primera vez supe que esto era inevitable.

Rafiq la volvió a besar, borrando sus últimos temores y preocupaciones. Su cuerpo reaccionaba sin control a sus caricias. Y ella estaba descubriendo los puntos de su placer en sus pechos, en su cintura, en el ombligo, en sus caderas...

Y la desaparición de su tanga fue una experiencia erótica que casi borró por completo toda su timidez.

Rafiq bajó la cabeza y ella se puso rígida. Entonces él le dio un beso en el vientre y alzó la mirada. Sonrió lentamente, casi cruelmente.

Luego agarró el monte salvaje que ella tenía entre las piernas.

Fue un gesto de posesión, una afirmación de propiedad, y eso le dio a ella una seguridad que jamás había sentido antes.

Entonces ella le acarició los pezones masculinos. Al ver que a él se le encendían las mejillas, ella se atrevió más. Y deslizó la palma de su mano por su abdomen, disfrutando de la sensación de tocar sus músculos tensos.

Sus caderas estrechas llamaron su atención, y ella se inclinó para besarlas.

Y entonces su confianza le falló. Él estaba excitado y ella no sabía qué hacer ahora.

Él se rió al ver su torpeza. Movió su mano y encontró la parte de ella que lo estaba esperando, y la exploró con suavidad, lo que provocó en ella una gran estimulación.

Ella gimió. Agarró sus hombros y sintió el sudor en ellos.

Ella necesitaba... algo. Conexión. Compleción, una unidad que sólo podía imaginar, pero que sin embargo era lo que había estado esperando en aquellos años.

–Rafiq –suspiró.

Él se movió encima de ella.

–Sí, mi dulce. Espera un momento –dijo con la respiración agitada.

Ella cerró los ojos, pero cuando él se colocó encima

los abrió, y deslizó sus manos desde la espalda de Rafiq hasta sus caderas. Luego sonrió y tiró de él hacia abajo.

Él dejó escapar una exhalación y luego se fue adentrando en ella suavemente.

Durante un momento ella sintió dolor, y se puso tensa. Pero luego él atravesó esa diminuta, invisible barrera.

Ella tembló al sentir una ola de calor. Y luego la inundó una especie de alegría por lo que iba a sentir.

Rafiq se puso tenso. Y como si el movimiento de Lexie hubiera destruido el último ápice de control, penetró dentro de ella con un solo movimiento.

Ella gimió de placer, y se movió para ir al encuentro de sus empujes. Hasta llegar a un éxtasis que amenazó con hacer temblar la tierra.

Casi inmediatamente él la siguió en su ascenso a la cima del placer. Y cuando su ascenso terminó le preguntó:

–¿Por qué lloras, muchacha encantadora?

–No sabía –dijo Lexie, sorprendida de que estuviera llorando.

Rafiq se giró sobre un lado y se apoyó en un brazo para mirarla.

Ella cerró los ojos, sacudida por la experiencia. Sentía una especie de alivio, de exultación, de dulce cansancio.

Y él no parecía sentirse así.

Él no había perdido el control, al parecer.

–¿Es la primera vez que tienes un orgasmo? –preguntó Rafiq.

Ella se puso colorada. Giró la cabeza y se resistió cuando él quiso dársela vuelta.

Él no le hizo daño, pero buscó en su rostro cada emoción.

–Mírame –le ordenó él.

–No.

Su corazón latía en silencio.

–¿O ha sido la primera vez que haces el amor?

No podía saberlo él, se dijo ella.

Había habido sólo un segundo de dolor.

Pero, ¿por qué le importaba tanto que él lo supiera?

–¿Es importante? –preguntó ella.

Él no movió un músculo de la cara.

Pero su tono fue grave cuando contestó:

–Creo que lo es, si ha sido la primera vez para ti. Podría haber sido más suave...

–No quería que fueras suave –contestó ella, decidida a terminar aquella conversación.

¿No era que los hombres se daban la vuelta y se dormían después del sexo?

Pero Rafiq de Couteveille no era como otros hombres.

Y entonces se dio cuenta de que ella estaba frente a un peligro mayor del que había imaginado.

Frente al peligro de enamorarse, si es que ya no se había enamorado.

–Lo siento si no ha sido... –dijo ella, apenada.

–Sh... –la acalló con un beso.

Y ella borró toda emoción excepto aquélla.

Rafiq alzó la cabeza y dijo:

–Lo ha sido –hizo una pausa–. Mucho más de lo que esperaba. Espero que haya sido bueno también para ti.

Capítulo 9

HA SIDO maravilloso. ¿No te has dado cuenta? –comentó Lexie.

Rafiq sonrió.

–Algunas mujeres fingen muy bien el orgasmo, pero sí, me he dado cuenta. Y me alegro.

Y sin decir nada más Rafiq se puso de pie y buscó su ropa. Y ella tuvo la oportunidad de observar por última vez su cuerpo musculoso y fuerte moverse en completa armonía; la luz de la lámpara iluminaba su piel dándole un brillo dorado.

Ella lo observó.

Él le resultaba familiar y extraño al mismo tiempo. Era un hombre cuya sofisticación estaba respaldada por una fuerza salvaje. Tenía una combinación de culturas y sangre que lo hacían muy diferente a ella, y lo único que se podía decir que tuvieran en común era aquel apasionado deseo.

Lexie sintió de pronto un nudo en su corazón.

«¿Y ahora qué?», se preguntó.

Rafiq parecía ajeno a aquella incertidumbre, escondido tras la máscara de su rostro, aparentemente al margen de ella.

Lexie se sentó y buscó su vestido.

El movimiento pareció sacar a Rafiq de su ensimismamiento, porque Rafiq se agachó, recogió su vestido y lo dejó al lado de Lexie.

–No es una buena forma de tratar un vestido tan bonito –dijo y fue hacia la mesa donde aún estaban las copas de champán.

Lexie se vistió y se preguntó qué se suponía que tenía que hacer en aquel momento.

Lo que siguió fue una conversación de diez minutos con Rafiq que ella apenas pudo seguir con respuestas inconexas.

Así que se sintió aliviada, y a la vez decepcionada cuando él la acompañó nuevamente a su habitación.

Rafiq se detuvo frente a la puerta y dijo:

–Éste no es el final de la noche que había imaginado, pero creo que ambos necesitamos dormir bien antes de hablar –la miró y siguió–: Antes de eso, me gustaría repetirte que he disfrutado mucho de esta noche juntos, de toda la noche. Espero que tú también.

Ella se puso colorada. Sólo deseaba que él la tomase en sus brazos nuevamente, y que la convenciera de que decía la verdad.

Pero eso no iba a suceder.

–Ya te he dicho que he disfrutado mucho de esta noche –dijo ella.

Él se rió suavemente, y por un momento ella pensó que él iba a poner fin a sus dudas besándola y abrazándola.

Pero Rafiq dio un paso atrás y dijo:

–Buenas noches. Que duermas bien.

Y cerró la puerta antes de que ella derramase unas lágrimas.

Él siempre había sido considerado, pero aunque le

hubiera gustado hacer el amor con ella probablemente se arrepintiese de haberlo hecho. Después de todo, había una gran diferencia entre una mujer con experiencia del mundo, que sabía cómo llevar una aventura con estilo y una virgen sin ninguna habilidad ni experiencia en lo relativo al sexo.

Y probablemente Rafiq estuviera pensando cómo decirle que habían terminado, de forma considerada, por supuesto, pensó.

Al día siguiente se despertó con una decisión: volvería al hotel.

–No –le dijo Rafiq cuando ella se lo comentó durante el desayuno en la terraza.

–No te estoy pidiendo permiso. Estoy bien, así que no hay problema para volver al hotel.

–No es posible –contestó él–. Le han dado tu habitación a otro huésped.

Perpleja, Lexie preguntó:

–¿Y quién ha tomado esa decisión?

–Yo se lo he dicho al encargado del hotel. La inauguración del hotel ha sido un gran éxito, y han llegado reservas de todo el mundo. Habría sido una tontería no aprovecharlas. ¿Por qué quieres marcharte del castillo?

–Porque ya no hay motivo para que me quede aquí –Lexie lo miró a los ojos–. Mi estancia era sólo temporal. Estoy bien, mis costillas están bien, como sabes.

Rafiq se puso de pie bruscamente. Su actitud era intimidante. ¿Por qué?

–No hace falta que te marches –dijo él–. Comprendo tus sentimientos. Y estoy de acuerdo... Esto ha sucedido tan rápido que no nos ha dado tempo de conocernos bien. Pero marcharte no es el modo de solucionarlo. Me niego a creer que me tengas miedo.

–¡No lo tengo!

No, ella no tenía miedo de él. Lo que pasaba era que lo deseaba tanto que era mejor que se marchase, antes de que cometiera la estupidez de enamorarse de él.

–Quizás debieras tenerlo.

Hubo un silencio entre ellos cargado con una amenaza.

Ella lo miró. Y él la besó. Al principio ella se resistió, luego se hundió en su calidez y su fuerza.

Las sensaciones eran las mismas, una potente excitación. Detrás de su pasión, ella sintió una especie de rabia reprimida, y una determinación que le produjo cierto recelo.

Cuando la soltó, Rafiq exclamó furiosamente:

–No vuelvas a resistirte –la miró fríamente.

Y ella vio cómo su enfado se iba evaporando, y lo oyó decir algo en el idioma local.

A ella no le hacía falta comprenderlo como para saber que estaba jurando.

–No voy a volver a tocarte hasta que tú me lo pidas –dijo entre dientes él en inglés.

–Yo... De acuerdo –dijo ella.

–No suelo ser tan maleducado –explicó él amablemente–. Tú me afectas de un modo que no había conocido hasta ahora. Lo siento.

Lexie se mordió el labio, tratando de reprimir cierta esperanza.

–Dime, ¿quieres marcharte porque hemos hecho el amor?

Hubo un silencio, y luego ella contestó:

–Sí.

No por haber hecho el amor con él, sino por aquella sensación de rechazo que había sentido después.

Rafiq observó su expresión y deseó haber controlado su deseo. El haber hecho el amor con ella había complicado la situación. Se sentía molesto por su comportamiento, aunque jamás se le había ocurrido que ella pudiera ser virgen.

No podía dejarla marchar del castillo porque Gastano todavía estaba interesado en ella, y él era peligroso.

Después de haber sido testigo de aquel beso en la fiesta, el farsante conde se habría dado cuenta de que su pasaporte al mundo de los ricos y privilegiados había caducado. En las últimas doce horas debía haberse enterado de que su mundo se estaba desmoronando, que el imperio que había construido tan despiadadamente era un caos, y que Interpol lo estaba buscando.

Y aunque por el momento no supiera probablemente que el hombre que le había quitado a Lexie era el responsable de todo ello, pronto lo sabría. Y reaccionaría con toda la agresividad de una rata acorralada.

El advertírselo a ella no serviría de nada. Era evidente que ella no estaba al corriente acerca de la vida delictiva de Gastano, y no tenía motivos para creer a Rafiq.

¿A no ser que él le contase la historia de Hani?

Ahora, no, pensó. No le apetecía hablar de la humillación de su hermana y su suicidio. Pero ya que no había sido capaz de protegerla, por lo menos podía asegurarse de que Lexie estuviera a salvo.

–Te he prometido hace un momento no volver a tocarte hasta que me lo pidieras. Lo he hecho en un momento de enfado, pero lo mantengo. Estarás perfectamente a salvo aquí.

Lexie miró su gesto y se preguntó qué sucedía detrás de aquellas facciones guapas y arrogantes.

Lexie sintió cierta decepción, pero se la reprimió.

–Lo sé. Es... Tienes razón, todo ha sucedido muy rápido...

Tan rápido que a ella le parecía imposible sentir aquellas emociones. Hasta que había recordado que a su hermana le había bastado con mirar al príncipe Marco para desearlo desesperadamente.

Y aunque aquella feroz atracción se había transformado en amor, no solía ocurrir siempre.

–Será difícil para mí no tocarte. Pero con un gran esfuerzo, creo que lo lograré.

Entonces levantó su mano y la besó. Luego le dio la vuelta y le dio un beso en la palma.

Ella sintió un gran placer. Después de haber hecho el amor con él se sentía más sensible, como si Rafiq la hubiera entrenado para reaccionar mucho más intensamente.

Si fuera más cauta, se marcharía lo más lejos posible de allí, para apartarse de aquel infinito placer.

Pero no lo haría. Pasara lo que pasara, siempre se alegraría de haber conocido a Rafiq, y de que su iniciación en el sexo hubiera sido tan maravillosa, en aquella isla al este de Zanzíbar.

–Quizás. Pero, ¿cómo sabes que yo voy a tener ese mismo control?

–Casi espero que no lo tengas –dijo él con tono divertido y tierno–. Pero no hoy. Tengo una reunión con el Consejo que me llevará todo el día. Así que, relájate.

Rafiq no volvió hasta después de que ella se hubiera ido a la cama, pero había llamado dos veces, y cuando ella había oído su voz se había derretido.

Luego se había dormido y había tenido turbulentos sueños.

Varias horas más tarde Rafiq preguntó:

–¿Dónde está *M'selle* Sinclair?

–Se marchó a su habitación poco después de cenar, señor.

–Gracias.

Rafiq subió las escaleras. Al entrar en su habitación vio la luz encendida del aparato que lo conectaba con los servicios de seguridad y maldijo.

–¿Sí? –preguntó levantando el aparato.

–Lo siento, señor, pero ha habido un intento de robo en la cámara acorazada del alcázar. Parece que ha sido en la cámara de los diamantes de fuego.

–Continúa –le ordenó Rafiq.

–Un hombre armado con las contraseñas correctas se infiltró en el alcázar y llegó hasta la cámara antes de que sonaran las alarmas que registraron finalmente su presencia.

–¿Dónde está el hombre?

–Se escapó por la parte vieja de la ciudad –admitió la mujer, disgustada.

Así que era una persona del lugar. Ninguna persona de fuera habría sido capaz de meterse en la antigua ciudad.

Madame Fanchette se lo confirmó:

–Tenemos una buena foto suya. Es un ladrón de poca monta. Ha tenido problemas con la policía desde que era un niño, y ahora está metido hasta las cejas en deudas de juego –la mujer hizo una pausa–. El hombre al que le debe dinero ha sido visto hablando con Gastano.

Rafiq registró aquello.

–¿Se han cambiado las contraseñas?

–Sí.

–Pero como no sabemos quién es el traidor de la casa, deberemos asumir que él o ella, se enterará de los cambios –Rafiq frunció el ceño. Luego ordenó–: Quiero que se aumente la vigilancia a Gastano. Él es astuto y no tiene escrúpulos. Y aumentad la seguridad del castillo tanto como del alcázar.

–¿Cree que la señorita Sinclair está en peligro?

–Posiblemente.

Llevado de la necesidad de saber que Lexie estaba a salvo, Rafiq fue a su habitación. Cuando estuvo seguro de que era así, puso un guardia a la puerta.

Tenía que tomar todas las medidas necesarias para asegurarse de que ella estaba a salvo. Porque si Felipe Gastano había sobornado a alguien de la casa para conseguir esas contraseñas, podía tener acceso a alguien del castillo también.

Sigilosamente entró en la habitación. Estaba a oscuras, pero las contraventanas estaban abiertas y podían verse las estrellas y se oía el ruido del mar. De pronto oyó un suave sollozo que le puso los pelos de punta.

Ella tenía una pesadilla.

Rafiq la despertó. Ella, a ciegas, se aferró a él.

–Tranquila, ya pasó. Es sólo una pesadilla, y ahora estás despierta.

–Te habías ido. No podía encontrarte... No me dejaban ir... Pero yo sabía que estabas muerto...

–Estoy vivo –trató de tranquilizarla. Le agarró la mano y se la llevó a su corazón–. ¿Sientes eso? Es mi pulso, y no va a parar hasta dentro de muchos años.

–¡Oh! ¡Gracias a Dios!

Ella se incorporó y lo besó, aliviada.

Cuando él se apartó, ella susurró:

–No. Oh, por favor.

Y entonces él la besó y ella supo que todo iba a ir bien.

Hicieron el amor con desesperación, y luego con una ternura que conmovió su corazón.

Cuando él se apartó, ella se agarró a él abiertamente.

Rafiq se rió.

–¡Qué valiente eres ahora! –le tomó el pelo, y pasó un provocador dedo desde su cuello hasta el ombligo.

Ella se estremeció. Y pensó: «te amo tanto». Besó su mejilla y sintió un escalofrío al sentir el roce de su barba. Un calor intenso empezó a ascender desde su vientre.

–Sí –dijo él–. Te gusta eso. A mí también.

Rafiq deslizó una mano hacia su sexo, y un par de dedos entraron en la humedad de su centro. Ella se retorció de placer.

Pero eso no era lo que ella quería, una satisfacción rápida.

No. Quería que él la recordase. Que no entrase nunca más en aquella habitación sin recordar su rostro y su voz.

–Acuéstate –le dijo ella, envalentonada. Inclinó la cabeza y lo besó.

Él obedeció y se tumbó debajo de ella.

Embriagada por las sensaciones, ella lo exploró con descaro, deleitándose en el contraste de texturas y la suave contracción de sus músculos. Y en aquellos ojos que la miraban con un brillo que prometía satisfacción. Notó que Rafiq tenía sudor en la frente, y se lo besó.

–Me estás matando –al verla dudar agregó–: Pero si dejas de hacerlo también me matarás.

–Sólo quiero complacerte –le dio un beso en el hombro.

–Como ves, lo estás logrando.

Lo veía perfectamente.

El deseo se apoderó de ella. Y entonces una mano lo agarró y le acarició la sedosa erección que le había dado tanto placer.

–Si sigues con eso, me vas a dejar totalmente indefenso.

–No creo que nadie pueda dejarte indefenso.

Y de repente, impulsivamente, se subió encima de él.

Él no se movió, ni siquiera cuando ella se deslizó hacia abajo y lo tomó.

Él la miró.

Y ella empezó a contraer y relajar sus músculos.

Lexie siguió con el voluptuoso tormento, haciendo que la tensión sensual aumentase, hasta que lo único que pudo sentir fue un placer ascendente en cada una de sus células.

Y entonces se desató una ola de pasión tan intensa que ella emitió un sofocado grito, y su cuerpo se puso rígido antes de convulsionarse y llegar al éxtasis.

Las manos de Rafiq la sujetaron. Hizo un sonido gutural que se mezcló con el de ella, y su cuerpo se arqueó debajo de ella, agarrado a sus caderas, para llegar también él al éxtasis y la satisfacción.

Cuando terminaron de hacer el amor, él la abrazó fuertemente y se quedaron en silencio.

Mareada, Lexie comprendió que había sucedido algo significativo, pero no sabía exactamente qué. Le parecía que podían haber forjado un lazo que podría no romperse jamás.

Al menos para ella.

Mucho más tarde, cuando ella estaba casi dormida, sintió que él se movía. De pronto la inundó la pena.

–Quédate conmigo –susurró sin pensarlo.

Pero él le contestó suavemente:

–Dulce mía. No quiero que el personal sepa que he estado contigo. Déjame marchar ahora.

Ella, que estaba medio dormida, se despertó del todo con aquella humillación, y con los ojos cerrados respondió:

–Oh, por supuesto.

Rafiq notó el tono de decepción en su voz, y se lamentó mientras se vestía.

Él deseaba volver a estar con ella, perderse en su tibieza y su pasión, pero tenía que supervisar la seguridad del castillo.

Algo que podría haber hecho antes de entrar en la habitación de Lexie.

Cuando Lexie se despertó al día siguiente desayunó sola en la terraza.

Le costó comer la macedonia de fruta y la tostada. Había preguntado por Rafiq y le habían dicho que estaba trabajando en el alcázar.

Bueno, se suponía que los dirigentes tenían que dirigir, y no había duda de que eso era lo que Rafiq hacía todos los días. Pero volvió a sentir aquella sensación de rechazo por parte de él.

¿Sería demasiado susceptible?

Probablemente.

La noche anterior había sido muy importante para ella, y al parecer para él no había significado nada. Hasta el punto de que ni siquiera se había molestado en desayunar con ella.

«¡Basta!», se amonestó.

Él tenía responsabilidades, y ella no debía sorprenderse ni decepcionarse por su ausencia, se dijo.

Estaba terminando el café cuando oyó el ruido de un helicóptero que venía de la capital.

Todo lo que había hecho y dicho la noche anterior ya no le resultó tan natural en aquel momento.

¿Qué pensaría él de su descaro? ¿Y de su ruego de que no la dejase?

¿La despreciaría? ¿Querría deshacerse de ella?

¿Y se habría dado cuenta de que su pasión había sido tan arrebatadora que se habían olvidado de tomar precauciones contra un posible embarazo?

Ella había contado los días de su período, y había sentido un gran alivio cuando había visto que era bastante improbable.

Aunque la idea de tener un hijo de Rafiq derretía su corazón...

¿Debía ir al encuentro de Rafiq o esperar allí?

Decidió esperar.

Cari, la criada, fue a buscarla.

Nerviosa y con el bolso de Lexie en la mano, le dijo:

–Señorita, es el Emir... Ha enviado el helicóptero para recogerla. ¡Aterrizará en la terraza de arriba!

Ella sintió cierta alegría.

–¡Oh! ¡Será mejor que vaya, entonces!

Ella se preguntó por qué Rafiq habría elegido aquel sitio para aterrizar, pero aceptó su bolso y fue deprisa con la criada hasta la terraza de arriba.

El ruido de los rotores invadía el aire mientras el aparato aterrizaba. Éste llevaba en la puerta la insignia del caballo real con su corona. Alguien desde dentro la abrió.

El mismo hombre le hizo señas. Y sin dudarlo, Lexie corrió.

Unas manos fuertes la subieron al aparato y la sentaron.

El helicóptero despegó inmediatamente y la puerta se cerró.

Ella se puso el cinturón de seguridad y se giró hacia el hombre que estaba a su lado.

Y se horrorizó cuando vio a Felipe Gastano levantar el pulgar en dirección a ella y pronunciar unas palabras que ella no pudo oír.

Capítulo 10

LA SONRISA de Gastano se agrandó cuando Lexie agitó la cabeza y se llevó las manos a las orejas. Cuando él le dio unos auriculares ella se los puso, pero se dio cuenta de que no estaban conectados con el sistema de comunicación.

Lexie se quedó helada. Algo pasaba. A Rafiq no le gustaba el conde. Él no lo habría enviado a recogerla.

Lexie miró al hombre que pilotaba el aparato. Tenía un traje oficial con el emblema del caballo claramente en él. Sólo que aquel caballo tenía alas.

Respiró profundamente y trató de tranquilizarse diciéndose que estaba dramatizando demasiado. Después de todo, ¿de qué iba a tener miedo? Aquél era un helicóptero de la Fuerza Aérea de Moraze, y el piloto era claramente un miembro de ella. Además, Felipe no era ninguna amenaza para ella.

Entonces, ¿por qué sentía una incomodidad instintiva en su presencia?

Lexie entrelazó sus manos en su regazo y miró el campo. ¿Quizás le hubieran ofrecido a Felipe la posibilidad de ver una manada de caballos?

Lexie se inclinó y para su satisfacción vio una manada debajo.

Los animales no se asustaron, lo que quería decir

que estaban acostumbrados a la presencia del aparato, y ella sin saber por qué se sintió más tranquila.

Pero cuando el aparato se dirigió a un grupo de edificios que parecían en ruinas, ella frunció el ceño.

Aquello parecía un complejo industrial, no muy grande, un molino de azúcar en una carretera rural secundaria, quizás.

Ella notó que había habido allí una casa, pero que había sido quemada.

Sobresaltada, Lexie buscó señales de vida humana, pero nada se movió en la tupida vegetación que había alrededor de los edificios de piedra.

¿Qué sucedía?

El helicóptero aterrizó con un golpe en medio de una nube de polvo. Los motores se fueron apagando, y Gastano le indicó que bajase.

Lexie tomó una decisión. Agitó la cabeza.

Felipe sonrió. Buscó en un bolso que tenía a sus pies y sacó una pistola con la que la apuntó.

Lexie se puso pálida. No podía hablar. Apenas emitió una exclamación de incredulidad.

Y entonces sintió un golpe, y en medio del dolor perdió la consciencia.

Lexie se movió en el suelo de piedra aceptando que aquello no era una pesadilla. Tenía atados los pies y las muñecas, y estaba apoyada contra una pared en lo que parecía ser un molino de azúcar en algún lugar de Moraze.

Intentó ignorar su dolor de cabeza y las náuseas e intentó pensar qué había pasado.

¿Por qué la había arrancado Felipe del castillo?

Lexie miró de lado y tuvo la impresión de estar sola, pero la intuición le impidió seguir el primer impulso y desatarse las manos. En su lugar intentó oír... algo, algún ruido.

Pero no oyó nada más que los ruidos del campo, el canto de algún pájaro, el suspiro del viento que entraba a través de ventanas rotas...

De pronto oyó un leve susurro. Ella se quedó helada y trató de escuchar.

Aquel ruido extraño e irreconocible volvió a oírse y ella se puso más nerviosa.

Lentamente, con cuidado, sin apenas permitirse respirar, giró la cabeza unos centímetros. No se movió nada, pero ella supo que no estaba sola en el edificio. Había muchos lugares donde esconderse, aunque detrás de la maquinaria rota parecía el mejor lugar.

Oyó pasos fuera. «Rafiq», pensó, angustiada, preguntándose cómo sabía ella que era él. Si su intuición no le fallaba, Rafiq estaba entrando en una trampa. ¿Estaría solo?

Llena de pánico intentó pensar qué hacer.

¿Gritar para advertirle del peligro? Pero era eso lo que quería Felipe.

Los pasos dejaron de sonar, y su mente pasaba de una suposición a otra. Posiblemente Felipe pensara que la había golpeado suficientemente fuerte como para que siguiera inconsciente por más tiempo.

Y conociendo a Rafiq, él entraría al edificio hiciera lo que hiciera ella, pensó, tratando de serenar su pánico. Pero seguramente... Oh, ojalá, ¡no fuese allí sin un arma!

Lexie intentó oír más.

Y oyó un leve movimiento que provenía del exterior del edificio sin puerta.

Rafiq debía saber que ella estaba allí. Si no, no habría ido allí. Ella no debía gritar fuerte.

Pero no era fácil...

Por el rabillo del ojo un movimiento llamó su atención. Sin respirar, ella giró la cabeza y vio la figura de Gastano salir de detrás de la maquinaria para tener una vista más clara de la entrada del edificio.

Su corazón se paró cuando se dio cuenta de que Gastano aún tenía la pistola.

Así que tenía intención de matar a Rafiq.

Cuando abrió la boca su voz fue tapada por la de Gastano, arrogante y satisfecho.

–Así que has venido, de Couteveille. Sabía que lo harías... Eres un caballero hasta las últimas consecuencias...

Por un momento la silueta de Rafiq en la puerta se estremeció a contra luz. Luego se fundió con la oscuridad del interior.

Lexie cerró los ojos. Sentía náuseas. Aquel momento de claridad había revelado que Rafiq no llevaba armas.

En aquel momento Rafiq habló con voz fría y desapasionada.

–Ahora que *M'selle* Sinclair ha satisfecho su función de anzuelo, sugiero que la dejes marchar. Ya no es necesaria.

Con una amplia sonrisa, Gastano caminó y se puso al lado de Lexie como si fuera un conquistador.

–No tengo intención de dejar ir a ninguno de los dos si no aceptáis mis condiciones. Ven más cerca... Estás muy lejos.

Gastano disfrutaba con aquella situación, pensó Lexie, con miedo.

Y estaba segura de que él tenía todas las cartas.

Conteniendo la respiración, observó a Rafiq moverse silenciosamente hacia ellos. Estaba demasiado oscuro como para ver su cara, pero ella podía adivinar por su actitud que estaba preparado para cualquier cosa que sucediera.

Ella abrió la boca para decirle que Gastano estaba armado, pero fue acallada por su secuestrador.

–Es suficiente –dijo éste bruscamente.

Rafiq dio otro paso, y Gastano jugó con la pistola hasta dirigirla directamente a Lexie. La movió nuevamente para apuntar a Rafiq y dijo entre dientes:

–Harás todo lo que yo te diga y cuando te lo diga, o sufrirás las consecuencias. Da un paso atrás.

Rafiq no se movió, y Gastano la empujó con el pie.

–Si no lo haces, Alexa morirá –dijo serenamente–. Oh, ahora, no, y no rápidamente. Morirá a mi disposición. Del mismo modo que tu hermana.

«¿Hani?», pensó Lexie. La fotografía de una chica apareció en su mente, sonriente, llena de vida y alegría. ¿La hermana de Rafiq y Gastano?

Lexie sintió bilis en la garganta.

Gastano no dejó de mirar el rostro de su enemigo.

–Ha sido muy astuto de tu parte darte cuenta de que yo tenía planes con Alexa. Pero me has infravalorado –Gastano se rió y miró a Alexa–. Deberías haber sido un poco más cuidadoso antes de hacer el amor con ella, *señor* –pronunció la última palabra con énfasis–. Las mujeres suelen disgustarse cuando se las usa tan flagrantemente. Pero estoy seguro de que ella sospechaba que había otro motivo oculto para que le hicieras el amor. Alexa sabe que no es una belleza, a diferencia de tu encantadora e ingenua hermana.

Y mientras Lexie estaba digiriendo aquello, Gastano continuó:

–Además, tú no eres mejor que yo. Has decidido que la mejor forma de venganza sería seducir a la mujer con la que pensaba casarme. Te has equivocado. Todavía pretendo casarme con ella. Y ni ella ni tú lo vais a impedir.

Y entonces Lexie se dio cuenta de que la guerra que mantenían ambos hombres estaba relacionada con la hermana de Rafiq. Y que ella había sido una pieza usada por ambos hombres en una batalla que no tenía nada que ver con ella.

La noche de amor con Rafiq debía haber sido una calculada maniobra para quebrar su supuesta lealtad con Gastano.

Pero Rafiq había ido a rescatarla...

Rafiq parecía de piedra, allí de pie.

–Tú, desgraciado –dijo–. Pagarás en el infierno lo que le hiciste a Hani.

–Ella tenía otras opciones –dijo Gastano con frialdad–. Nadie la obligó a acostarse conmigo. Nadie la obligó a tomar drogas ni a prostituirse para pagarlas.

Lexie pensó que Rafiq tendría algún plan. Allí, en Moraze, tenía la ventaja de conocer el lugar.

El conde lo sabía y por eso estaba intentando que perdiera el equilibrio.

Pero al ver la cara de preocupación y angustia de Rafiq ella se estremeció.

Parecía que Gastano estaba logrando lo que quería.

Pero Gastano, aunque pareciera que despreciaba a Rafiq, no dejaba de apuntarle.

Y mientras fuera así, Rafiq estaba en peligro.

–No me casaría contigo aunque fueras el último hombre que hubiese en el mundo. Eres un cobarde –dijo ella con desprecio.

Gastano se dio la vuelta. En cualquier otro momento ella se habría reído al ver su cara de shock, pero cuando oyó el ruido del gatillo de la pistola y apuntó a Rafiq, ella empezó a dar patadas con su pie atado. Y gracias a su suerte consiguió darle un golpe en la rótula al conde.

El conde se tambaleó y su dedo apretó más el gatillo. Ella se agachó reflexivamente y sintió el viento del casquillo contra su mejilla. Cerró los ojos y no pudo oír más que el latido desesperado de su corazón.

Un ruido sofocado hizo que abriera los ojos a tiempo de ver a Rafiq tirar a Gastano de un puñetazo. El conde se cayó. Rafiq se agachó para confirmar que estaba fuera de juego y luego se levantó y fue rápidamente hacia Lexie.

Ella exclamó cuando él la agarró y la llevó bruscamente hacia la parte de atrás de lo que parecía una especie de prensa.

–¿Estás bien? –preguntó Rafiq acariciándola suavemente, lo que contrastaba con la brutalidad del puñetazo que había dado.

Una ráfaga de disparos se oyeron en el edificio.

–Silencio –le dijo Rafiq al oído, protegiéndola con su cuerpo mientras ella intentaba levantarse.

Se oyó una voz que llamaba a gritos en el idioma local. Rafiq contestó, sujetándola para que se quedase quieta, mientras un hombre corría alrededor de la prensa.

El hombre contestó a Rafiq con una sola palabra.

Rafiq se irguió, sujetándola mientras daba una orden. Y en aquel momento apareció el hombre, quien sacó un cuchillo de algún sitio y se lo dio a Rafiq. Éste cortó las cuerdas que sujetaban las muñecas y tobillos de Lexie.

Frotó sus muñecas suavemente y le dijo:

–Ahora estás a salvo.

–Estoy bien –murmuró Lexie, aún perpleja por el cambio de situación.

Dejó escapar un suspiro mientras sentía que la sangre volvía a sus manos y sus pies.

–Me ha hecho creer que estaba totalmente inconsciente –dijo Rafiq. Ignorando los temblores de Lexie, empezó a desatarle los tobillos–. Debí ser más cauto. Tenía un cuchillo, e iba en dirección a nosotros cuando uno de mis hombres le disparó. Ha sido una muerte demasiado rápida para un hombre tan despreciable, pero el resultado fue bueno, no obstante. Si no, Gastano habría tenido que ser juzgado.

Instintivamente Lexie supo por qué él no había querido eso: porque los detalles de la degradación de su hermana se habrían hecho públicos. Y él tenía que proteger su reputación.

–¿Te ha hecho daño? –preguntó Rafiq.

–Excepto el golpe que me dio en la cabeza, no –dijo ella.

Rafiq juró y luego preguntó:

–¿Estuviste inconsciente?

–Sí.

–¿Tienes dolor de cabeza ahora? –él se inclinó hacia adelante. Levantó sus párpados y observó casi profesionalmente sus pupilas–. No, no parecen dilatadas, pero puedes haber sufrido una conmoción cerebral. Quédate quieta.

–He tenido dolor de cabeza, pero ahora me siento mejor.

–Es la adrenalina –respondió Rafiq poniéndose de pie.

Desesperada por saber, ella preguntó:

–Dime, ¿quién le ha disparado y cómo lo ha hecho?

–Hay tres francotiradores del ejército aquí. El asunto era que yo lo tuviera entretenido mientras ellos se apostaban. Acababan de llegar cuando tú arremetiste contra él. Tuvimos suerte de que uno de ellos tuviera el panorama despejado como para abatirlo.

–Comprendo... ¿Cómo llegaste aquí tan rápidamente?

–Gastano envió un mensaje desde el helicóptero. Yo vine en otro.

Apareció un hombre y le dijo algo a Rafiq. Éste agitó la cabeza y dio una orden, luego se puso de pie.

–Pronto te sacaremos de aquí –le prometió Rafiq y se alejó.

Mareada, Lexie se apoyó otra vez contra la pared. Estaba temblando. Debía estar en estado de shock, pensó.

Para cuando llegó Rafiq ella había recuperado un poco la compostura, excepto que castañeteaba los dientes.

–No intentes hablar –le ordenó Rafiq mientras la levantaba en brazos y la llevaba al helicóptero que los esperaba.

En el hospital Lexie se duchó.

La examinaron y determinaron que no tenía una conmoción cerebral, y le pusieron una inyección para contrarrestar cualquier infección que pudieran haberle causado las heridas de las muñecas y los tobillos.

Y sospechaba que también le habían dado un sedante para dormir relajadamente, pensó a la mañana siguiente cuando se despertó descansada.

Al final de la mañana la enviaron al castillo en una limusina, acompañada por una solemne Cari y un guardaespaldas.

No vio a Rafiq en los siguientes dos días. Él le envió una nota diciendo que estaba ocupado debido a las repercusiones de la muerte de Gastano, y que quería que no hiciera otra cosa más que recuperarse.

Ella se sintió decepcionada y triste, pero se dijo que tenía que recuperar fuerzas para dejar a Rafiq y marcharse de Moraze.

Una mañana decidió que se levantaría.

–Hoy me voy a levantar –anunció a Cari.

–De acuerdo. Pero hoy por la mañana va a venir el médico para confirmar que ya se ha recuperado –Cari le dijo cuando le llevó la bandeja del desayuno.

–Y luego me levantaré –respondió ella, sabiendo que no podría oponerse a las órdenes de Rafiq en el castillo.

La criada se quedó de pie y se disculpó:

–Si hubiera pensado por un momento, me habría dado cuenta de que el helicóptero no era enviado por el Emir. Jamás le habría hecho aterrizar en la terraza –Cari se mordió el labio, y miró, angustiada, el rostro de Lexie–. Creí que era tan romántico. Lo siento sinceramente.

–Está bien. Tú no lo sabías. No te preocupes, Cari. Aparte del golpe en la cabeza, no me he hecho daño, y ahora está todo bien.

Pero cuando estuvo sola, a pesar de sentir el efecto de la malicia de Gastano, lo que más sentía era la traición de Rafiq.

Pero tendría que aceptarlo, se dijo con tristeza.

Ella siempre había sabido que él no la amaba, pero le dolía saber que aquello había sido un ejercicio de venganza.

Ella era una tonta, porque atesoraría los recuerdos el resto de su vida, y Rafiq probablemente no volvería a acordarse de ella cuando ella se marchase de Moraze.

O sólo como la pieza que lo había ayudado a vengar la muerte de su hermana.

Desayunó y soportó estoicamente el examen médico.

Cuando volviera a Nueva Zelanda podría permitirse cualquier tipo de ataque, pero hasta entonces tenía que mantener el control.

Cuando Rafiq volvió esa tarde ella le anunció que estaba en condiciones de marcharse.

–Hay algunas cosas que tengo que explicarte –le respondió él.

–Mira, da igual. Comprendo por qué hiciste lo que hiciste. Tu hermana...

–Mi hermana murió por culpa de Gastano. Sospecho que él la eligió como blanco, como te eligió a ti, porque ella tenía acceso a un mundo que él deseaba a toda costa. Además, le gustaba corromper a inocentes.

Humillada, ella lo miró. Estaba casi en lo cierto.

–¿Sabías que era un traficante de drogas? –le preguntó Rafiq.

–¡No!

–¿Te ofreció drogas alguna vez?

–Una vez –respondió ella–. Yo no pensaba que él las consumía, pero supuse que sabía cómo conseguirlas. Aun en Nueva Zelanda las drogas son fáciles de conseguir si realmente quieres adquirirlas. Pero nunca se me ocurrió que era un traficante.

–Siéntate –Rafiq frunció el ceño.

Al ver que ella no se sentaba, él la levantó y la llevó hasta una silla.

Aquella sensación de su tacto volvió a despertar la magia en sus sentidos. Y volvió a sentir el deseo y la pasión.

–¿Me crees? –le preguntó luego.

–Por supuesto –dijo él, sorprendido–. Como todos los hombres de su especie, Gastano conocía a la gente. Y debió ver que tú no eras una buena candidata para la adicción.

–¿Era él un adicto?

–No. Como oíste en el antiguo molino de azúcar, él transformó a mi hermana en una adicta.

–Lo siento mucho... –Lexie no pudo decir otra cosa.

Rafiq continuó en tono desapasionado:

–Cuando ella se dio cuenta de que el hombre al que ella creía amar la había engañado deliberadamente y la había seducido, no pudo vivir con la pena de la humillación y se suicidó.

–No sabes cuánto lo siento –repitió ella.

–Hani tenía dieciocho años entonces. Estaba en el primer año de universidad...

Capítulo 11

LEXIE volvió a sentir náuseas.

–Gastano no sabía que mi hermana antes de morir me envió una carta en la que me contaba su secreta aventura, su dependencia de las drogas a las que él la había acostumbrado, su vergüenza y humillación y su horror por su estupidez. Él creía que yo no sabía nada sobre él, lo que me facilitó su captura.

Ella comprendía su dolor y su determinación a apresar a Gastano.

¡Ojalá no le hubiera costado a ella su corazón!

–Gastano es el jefe de un cártel que distribuía heroína y cocaína a Europa y Norteamérica. Había puesto la mira en Moraze como su próxima escala. Gastano era un hombre vano y arrogante y secretamente inseguro. Posiblemente porque era hijo ilegítimo. El título que usaba no era suyo, sino de su hermanastro, quien murió en circunstancias sospechosas.

Horrorizada, ella preguntó.

–Quieres decir... ¿asesinó él a su hermano?

–No lo sé. Creo que no. Pero el conde verdadero murió de sobredosis.

–No hay nada que justifique el tráfico de drogas. Ni el ser ilegítimo, ni nada.

Ella hizo una pausa, recordando que su padre había matado sin piedad y aterrando a un país.

Rafiq rompió el silencio diciendo:

–¿Quién conoce el mecanismo secreto de la mente de un hombre? No lamento que Gastano esté muerto, ni lamento haberme pasado los últimos dos años tratando de atraparlo. Sus malditas drogas han matado a mucha gente y arruinado muchas vidas –Rafiq hizo una pausa. Luego agregó–: Pero siento mucho que tú te hayas visto involucrada en ello. Ésa no ha sido mi intención.

–Ahora comprendo por qué actuaste del modo que lo hiciste –dijo ella bruscamente–. Yo no sabía que él planeaba casarse conmigo. Yo no tenía ninguna intención de casarme con él.

Ella comprendía que él hubiera querido proteger a sus ciudadanos y la memoria de su hermana. No habría sido el hombre al que amaba si no lo hubiera hecho.

La seducción de Rafiq habría sido calculada fríamente, pero teniendo en cuenta la degradación que había causado Felipe y la perspectiva de usar Moraze como su próximo escenario, no podía culparlo por usar cuantas armas tuviera a su alcance.

–¿Sabías que Gastano planeaba casarse conmigo?

–Lo supe cuando viniste tú aquí.

–Si sabías eso, sabías que yo no corría peligro. ¿Por qué viniste desarmado al molino? –preguntó ella, furiosa todavía de que él hubiera asumido ese riesgo.

–No era tan peligroso como parecía. Yo estaba casi seguro de que no me mataría.

–¿Cómo podías estar seguro?

–Por lo que sé, nunca mató a nadie él mismo. Siempre lo hacía alguien por él. Además, después de haberme visto besándote la otra noche, se dio cuenta de que podía usarte como rehén para forzarme a hacer aquí, en Moraze, lo que él quería. Y yo no podía permitirlo.

Él no la amaba. Había sido su sentido de la responsabilidad lo que lo había llevado a rescatarla, pensó ella con tristeza.

–Los francotiradores lo tenían en el punto de mira. No hacía falta que te arriesgases pateándolo.

–Tú fuiste el temerario. No estabas armado.

–Era una situación desesperada. Además Moraze ha sido responsabilidad mía desde hace muchos años.

Todo había sido por el honor de su hermana y la protección de su país, reflexionó ella con pena.

–Al principio pensé que tú eras su amante, lo admito.

–Sin pruebas...

–Parecía bastante posible. Y manipulé las circunstancias para apartarte de él, en parte porque, aunque yo sabía que él era peligroso, no sabía cómo reaccionaría cuando se diera cuenta de que estaba perdiendo su imperio.

–Y en parte para apartar su mente de lo que estaba sucediendo –dijo ella.

–Eso también –admitió él.

–Fue un movimiento inteligente, y funcionó. Gastano debe haberse puesto furioso cuando vio que tú eras tan capaz como él de separar el sexo de las cosas que realmente te importaban... –comentó Lexie.

Rafiq ignoró sus palabras y dijo:

–Debo disculparme contigo también.

–Me alegro de que hayas conseguido lo que querías, y aunque es terrible decirlo, no lamento la muerte de Felipe –dijo ella, en un acto de orgullo, tratando de adelantarse a lo inevitable.

Porque sospechaba que Rafiq jamás habría estado seguro si Gastano hubiera seguido vivo.

–No sé cómo he podido pasármelo bien con él –comentó ella.

–Él sabía cómo usar sus encantos. Pero, olvidémoslo. Ahora que todo ha pasado sólo me queda una cosa que hacer –dijo Rafiq.

–¿Qué?

¿Le propondría que continuasen con su aventura?

Pero cualquier aventura con él terminaría algún día, y eso la destruiría...

–Lexie, nunca he hecho esto, así que tal vez sea un poco torpe... Pero me gustaría mucho que te casaras conmigo...

Lexie se puso contenta. Pero la alegría desapareció tan rápido como había surgido.

Se dio cuenta de que Rafiq lo hacía por sentimiento de culpa.

Sabía que ella había sido virgen... Como lo había sido su hermana con Gastano. Y eso le pesaba.

Lexie buscó algún signo de amor en su rostro, pero no vio nada.

No había señal de amor ni de ternura.

¿Y si Rafiq podía aprender a amarla?, pensó.

No, ésa era una esperanza absurda.

Podría ser un matrimonio adecuado incluso. Después de todo, aunque su padre hubiera sido un monstruo, ella estaba relacionada con una de las familias más poderosas y más viejas de Europa.

Ella no tenía dinero ni gracias sociales, pero, ¡diablos!, su hermana había aprendido a vivir como una princesa. Así que ella podría también.

Pero no iba a hacerlo.

–Es un gran honor, pero me temo que no puedo aceptarlo.

–Tal vez tenga que convencerte –dijo él.

Él la estrechó en sus brazos con deseo. Lexie tuvo que reprimir el suyo.

Tenía que detener aquello y sabía cómo hacerlo.

El orgullo de Rafiq era un arma para él, pero también un punto débil.

–Puedes hacerme desearte, pero seguiré rechazando tu proposición.

Él sonrió y la besó.

Ella esperó un beso que igualase la violencia de sus emociones, pero en cambio fue un susurro contra sus labios que le derrumbó las defensas.

–¿Vas a rechazarme, mi querida? No puedes ser tan cruel...

–Por favor... No me hagas esto...

–Pero mira lo que tú me haces a mí... –dijo él tiernamente.

La apretó contra él como para que ella sintiera su excitación.

–Bien, por última vez, mañana me iré de Moraze.

Él achicó los ojos.

–¿Quieres decir que... esto...?

–Sí, se acabó, Rafiq –ella levantó la frente.

Ella no podía soportar la idea de un matrimonio sin amor.

–Es posible que no –dijo él–. La última vez que hicimos el amor no usamos ningún anticonceptivo...

–Es improbable que esté embarazada, pero la posibilidad no es motivo para casarse.

–¿Qué mejor razón puede haber para ello? –preguntó Rafiq.

–Si estoy embarazada, te prometo que te lo diré.

–Si estás embarazada, te casarás conmigo –respondió Rafiq con autoridad–. Mi hijo no crecerá siendo ilegítimo como Gastano.

–Nuestro hijo, si es que hay uno, ¡no crecerá en absoluto como Gastano! ¿Qué tengo que hacer para convencerte de que yo sé lo que es mejor para mí? Y no es el matrimonio contigo. No voy a dejar que me presiones ni me seduzcas para que lo acepte.

–Puedo impedirte que te vayas de Moraze.

–¡No te atrevas! –lo miró y vio su gesto duro–. Sí, te atreverías. Si el sexo, porque eso es todo lo que conseguirías, es tan importante para ti, no sé por qué no lo hacemos una última vez antes de que me vaya.

–No hay ninguna razón. Pero cuando te vayas, cumple tu promesa. Si estás embarazada, quiero saberlo inmediatamente.

Ella estaba acalorada.

–Por supuesto –dijo Lexie.

Y bajó la mirada para enmascarar la angustia de sus ojos.

Y besó el cuello de Rafiq.

Su gusto familiar produjo una reacción inmediata, un deseo que borraba toda prudencia y precaución.

–Me alegro de que nos entendamos.

Antes de que ella tuviera tiempo de responder, él la levantó en brazos y la llevó a la enorme cama.

Besándola y abrazándola la dejó en la cama. Pero sus pies rozaban la alfombra.

–Dame el gusto, desnúdame... –le pidió Rafiq.

–Sólo si tú haces lo mismo –contestó ella.

Él le besó el cuello donde éste se juntaba con el hombro, y luego la mordió suavemente.

Y así lo hicieron. Con besos que se hicieron cada vez más apasionados, con caricias que borraron sus inhibiciones, hasta que se entregaron al placer de explorarse mutuamente.

Hasta que ardió la pasión entre ellos y ella se olvidó de todo excepto de la violencia de sus sensaciones.

Su extático orgasmo la asustó. Se quedó envuelta en los brazos de él, en estado de shock por sus propias sensaciones, su cuerpo aún hambriento de algo que él no podía darle.

Cuando ella pudo hablar dijo:

–Tú no has... No...

–Todavía, no, paloma mía, hermosa mujer.

Y él volvió a empezar.

Su mirada primitiva fue una advertencia para ella.

Lexie se preparó para un encuentro salvaje. Pero aquella vez fue uno lento y eróticamente voluptuoso. Como el conquistador que era él, Rafiq se hizo maestro de su cuerpo. Sus manos la recorrieron entera, su boca probó la suavidad de sus pechos, y toda su piel excepto el lugar que lo añoraba.

Frustrada, ella lo acercó, pero él le agarró las manos mientras bajaba la cabeza para continuar el exquisito tormento, sabiendo por experiencia y por un instinto masculino cuál eran sus puntos de placer más sensibles, y cuánto tiempo dedicar a cada uno, y cuándo dejar uno y seguir con el otro.

Indefensa, ella empezó a gemir.

–Por favor...Oh, por favor, Rafiq...ahora...ahora...

Y entonces él la poseyó con un empuje lento y certero. Y se movió dentro de ella, hasta que la hizo suya nuevamente, aquella vez más profundamente y más lentamente...

Ella se revolvió, pero él le dijo:

–Es duro, lo sé, pero espera. Espera un momento.

Y así él continuó sus empujes eróticos hasta que al final ella ya no se pudo reprimir más. Su cuerpo se arqueó descontroladamente y gritó su nombre cuando llegó al éxtasis.

Después de que Rafiq se hubiera ido ella sollozó por su cruel ternura, su total consideración y absorción en la exploración de su cuerpo, el modo en que la llevaba a la cima del placer.

Un placer que nunca volvería a encontrar.

Toda su vida añoraría la seguridad de sus brazos, el saber que él la deseaba... Y sabría que eso no era suficiente.

Ella quería su amor, total e incondicional. Como ella lo amaba a él.

Y como no podía tenerlo, tendría que aprender a vivir sin él.

Se encontraron la siguiente mañana para despedirse formalmente.

Lexie le agradeció su hospitalidad. Y él le agradeció a cambio su ayuda.

–Te pido que no hables de lo que sucedió aquí.

–Por supuesto que no lo haré. Y no tienes que agradecerme nada. ¡No he hecho más que complicar las cosas!

–Has estado en una situación que debe haberte aterrado.

–Debí saber que tendrías un plan. En realidad sabía que tenías un plan. Simplemente tenía miedo de que Gastano pudiera matarte antes de que lo llevases a cabo.

–Gracias. Quiero tener noticias tuyas en cuanto sepas si estás embarazada o no.

–Muy bien.

–No me pongas en el aprieto de tener que ir detrás de ti, Lexie.

–No te preocupes por ello. No lo haré.

Se miraron a los ojos.

–Me alegro. Si alguna vez necesitas mi ayuda, cualquiera que sea, ponte en contacto conmigo.

–Gracias.

Sabía que lo haría. Pero ella no le pediría nada.

–Gracias. Lexie. Adiós.

Y todo terminó.

A ella la llevaron al aeropuerto en un discreto coche y acomodada en un asiento de primera clase.

Cuando el avión levantó vuelo ella vio una manada de caballos galopando, y pensó que al menos los había visto.

Su teléfono móvil la despertó.

Cuando atendió la llamada oyó decir:

–¿Lexie? Favourite tiene problemas.

–¿Qué?

–El potrillo no viene fácil.

–Estaré allí en diez minutos.

Lexie condujo de noche hacia el establo de una amiga suya.

–¿Cómo está? –preguntó al llegar, mirando a la yegua.

La yegua estaba tan cómoda como cualquier hembra en su estado.

Estado que ella no compartía. Llevaba un mes en Nueva Zelanda y ya sabía que no estaba embarazada. En cuanto lo había sabido, había enviado una carta certificada a Rafiq para decírselo. Su respuesta había sido igualmente formal. Él le deseaba todo lo mejor en su vida y firmaba con su nombre completo.

Ella intentó reprimir su pena hasta que ésta quedó muy adentro, disimulada. A veces le venía en sueños una sensación de pérdida y angustia, pero en general ella podía funcionar como si nunca hubiera estado al este de Zanzíbar.

–Creo que está bien ahora –dijo su amiga–. Me entró el pánico –sonrió.

Pero la yegua necesitaba ayuda, y era casi de madrugada cuando Lexie volvió a su casa.

Afortunadamente era fin de semana y no trabajaba, así que podía volver a la cama.

Pero no le resultaba fácil dormirse.

Se preguntó cuándo se le pasaría aquel deseo por aquel hombre que tanto la atormentaba, un hombre que la había usado.

Se puso boca arriba y mirando el techo deseó que pronto se disipase.

Aunque trabajaba incansablemente para distraerse de su recuerdo, todavía echaba de menos a Rafiq.

Un día se encontraría con la noticia del compromiso de Rafiq con una mujer adecuada.

Y entonces ella tendría que seguir adelante con su vida.

Pero estaba cansada de seguir suspirando por un amor imposible.

Desde aquel momento en adelante intentaría vivir plenamente.

Un día un cliente recién separado le pidió que lo acompañase a una cena formal. Ella sabía que el hombre seguía enamorado de su ex mujer por lo que no representaba ningún peligro.

Cuando terminó la cena, el hombre la acompañó a su casa.

–Gracias por venir –dijo el hombre–. No tengo muchas ganas de que llegue la Navidad. ¿Tú qué vas a hacer?

–Estoy de guardia –contestó ella.

El hombre asintió.

–He disfrutado de la velada más de lo que esperaba. Y gracias a ti, sobre todo. Lexie, si no te apetece no lo hagas, pero, ¿te importaría si te uso descaradamente para estas fiestas? Hay varios eventos que no puedo evitar...

Ella lo comprendió.

–De acuerdo –respondió y abrió la puerta del coche.

Pero él rodeó el coche y fue a abrirle.

–Te acompañaré a la puerta.

Esperó a que ella abriese con la llave.

–Me lo he pasado muy bien esta noche, así que espero ansioso nuestra próxima cita.

Lexie lo saludó con la mano y él se marchó.

Era una noche bonita, brillaban las estrellas y ella se quedó un momento admirando el cielo, pensando en las mismas estrellas en el trópico.

Pero tenía que olvidarse de todo aquello.

De pronto una sombra salió de debajo de un árbol de jacarandá y fue hacia ella.

Lexie se quedó helada.

–Menos mal que no intentó besarte –dijo Rafiq con una voz letal.

Al terror inicial le siguió una alegría inmensa, y tuvo que ponerse la mano en el corazón. Él fue hacia ella, pero ella no podía hablar.

Y cuando lo hizo dijo:

–No es asunto tuyo a quién beso.

Rafiq se detuvo delante de ella.

–¿Realmente crees eso?

Cuando ella asintió él siguió:

–Entonces tendrás que aprenderlo de otro modo –la estrechó en sus brazos y la besó con una pasión que aniquiló todas sus defensas.

La pasión se apoderó de ella, se desató ferozmente, borrando el sentido común y los argumentos racionales de su mente.

Cuando dejó de besarla, Rafiq le agarró la cara con las manos y la miró a los ojos.

Entonces ella preguntó:

–¿Qué estás haciendo aquí?

–Me estoy muriendo de hambre sin ti –dijo él.

Y ella volvió a sentir esperanza.

Capítulo 12

RAFIQ –dijo ella con un sollozo roto–. No quiero una aventura.

–No puedo soportar tus lágrimas –dijo él–. Enfádate conmigo, gatita, muéstrame que tu espíritu está intacto. Pero, te lo ruego, no llores –respondió Rafiq.

Lexie no podía controlar su shock. Su inesperada llegada había acabado con su control de las últimas semanas, y no podía dejar de llorar.

Entonces sintió sus brazos fuertes alrededor de ella, y sus palabras suaves para tranquilizarla.

Hasta que finalmente sus sollozos se hicieron más lentos y espaciados y ella fue capaz de volver a pensar.

–Así que ha sido tan terrible para ti como para mí –comentó él.

–No sé lo terrible que ha sido para ti...

–Mucho... Hasta que te marchaste no me di cuenta de cuánto iba a echarte de menos. Quería que tú me echases de menos tanto como yo a ti, pero no lo has demostrado...

–¿Cómo lo sabes? –preguntó ella.

–No habrás creído que te iba a dejar ir tan fácilmente, ¿no? Por supuesto que me he asegurado de que estabas bien.

–¿Me has hecho vigilar?

–Observar –la corrigió–. Si hubieras estado feliz, si hubieras demostrado que no me echabas de menos, habría aceptado tu decisión.

–¿De verdad? –ella intentó separarse.

–Todo sucedió tan rápido entre nosotros... Y luego descubriste que yo te había utilizado, y naturalmente estabas furiosa y herida... Para colmo estaba la posibilidad de una criatura para complicar más las cosas... Necesitabas tiempo para pensar, para descubrir tú misma tus emociones... Pero yo siempre he pensado en venir y pedirte que te cases conmigo.

A Lexie sus palabras le parecieron salidas de un sueño.

–¿Qué sientes por mí, aparte de pasión? –preguntó Lexie, agitada–. Ésa no es la mejor base para un matrimonio, pero tú nunca me has demostrado sentir nada más...

–Por supuesto que te amo. ¿Cómo no lo sabes? Te pedí que te casaras conmigo, Lexie.

–Tú me pediste que me casase contigo porque te enteraste de que era virgen. ¡Y porque pensaste que podía estar embarazada! –luego agregó–: No podías soportar que te comparara con Gastano en nada, sobre todo en cuanto a la seducción de una virgen. Y encima hicimos el amor sin precauciones...

–Yo no te seduje. Hicimos el amor. Hay una diferencia. Para mí ha sido siempre amor.

–No puedo creerlo –dijo ella, desesperada–. Tú me despreciabas porque creías que había sido la amante de Felipe.

–Lo intenté, pero en el mismo momento en que te vi con aquel vestido crema, te deseé, e incluso entonces sentí algo más por ti que pasajero deseo.

–¿Cómo lo sabes?

Él la miró arrogantemente.

–Me sentía confundido, enfadado... Y algo más. Por primera vez en mi vida no sabía qué era lo que sentía, y mi pérdida de control me daba rabia. Y sí, creía que tenías más experiencia de la que tenías. Pero la mujer que llevé a mi castillo terminó siendo muy distinta de lo esperado. No me mostraste más interés que en los caballos de Moraze y en la gente... Eras considerada y cariñosa, y querías mandarle una tarjeta a la guía y conductora después del accidente. Y por cierto, ella es una de mis mejores agentes...

Lexie se rió.

–Debiste adivinar mi virginidad... Tú eres un hombre con mucha experiencia, y cada vez que me tocabas o me besabas perdía el control...

Rafiq sonrió con ironía.

–Pero recuperabas la compostura muy rápido... Me gustaría decirte cuándo llegó el amor, pero ha sido lentamente... Me has ido robando el corazón poco a poco... Pero el día en que Gastano te llevó al viejo molino supe que si te perdía yo me quedaría solo para siempre...

Su tono sincero casi la convenció.

Lexie abrió la puerta y le dijo:

–Ven dentro. Es verano aquí, pero debe hacer fresco para ti que vienes de Moraze...

Él inspeccionó su pequeño salón mientras ella se quedaba en silencio.

–Es un lugar muy de tu estilo, práctico pero cálido a la vez. ¿Cuándo te diste cuenta de que me amabas?

–Cuando pensé que Gastano podía matarte... Por eso lo golpeé. Me di cuenta de que sin ti no merecía la pena vivir... –respondió ella.

Rafiq le dio la mano.

–Odiaba a Gastano por lo que le hizo a mi hermana, y nunca lo he comparado con mi comportamiento contigo. Sabía que no podía tocar a Gastano legalmente, pero quería que pagase lo que había hecho, y quería estar seguro de que no sufriría ningún inocente más por él. Para ello tenía que traerlo a Moraze. Yo no sabía que tú también venías, ni que él quería casarse contigo...

Lexie asintió.

–Y le tendiste una trampa allí...

–Sí, pero luego quise quitarte a ti de la circulación, para que él se enfadase y mostrase su verdadera personalidad. Bueno, eso es lo que me dije. Pero en realidad la verdadera razón era que no soportaba la idea de que él hablase contigo, de que te besara... Así que organicé ese accidente.

–Eres un hombre muy retorcido...

–Y aunque sabía que él se iba a poner furioso cuando se diera cuenta de que todo se le iba a venir abajo, no pensé que robaría el helicóptero y forzaría al piloto a punta de pistola a que volase al castillo.

–Comprendo... ¿Qué le pasó al piloto?

–Le dispararon.

Lexie se encogió.

–Fue por eso que les dije a mis hombres que disparasen a matar...

Lexie se puso triste y Rafiq la miró a los ojos y le dijo:

–Ahora que te he contado todo, ¿por favor, quieres casarte conmigo y hacerme feliz?

Por la mejilla de Lexie rodaron unas lágrimas.

–Me gustaría hacerlo, pero tengo que contarte algo. Se trata de mi padre... No sabes quién es.

–Por supuesto que lo sé...

Ella se sorprendió.

–Claro, naturalmente que lo sabes –reflexionó–. Si nos casamos la gente de Moraze sabrá que mi padre era un monstruo.

–Que digan lo que quieran. Eso no nos afectará a nosotros. No pueden juzgarte por lo que hizo tu padre. No me importa la gente. Sólo me importas tú. Lexie, si te casas conmigo, te amaré siempre hasta que me muera. Ninguno de nosotros puede cambiar nuestro pasado, pero juntos podemos forjar un futuro que deje los recuerdos atrás.

Ella sintió su corazón henchido de emoción.

–Entonces, hagámoslo.

–Quiero que aprendas a querer a Moraze como la quiero yo.

–Yo amaré el sitio donde estés tú.

–Y serás feliz, te lo prometo.

Ella levantó una mirada empañada hacia él.

–Tú también –dijo ella, sin reprimirse unas lágrimas de felicidad antes de que él la abrazara.

–Bien –dijo la princesa Jacoba Considine–. Gírate.

Lexie giró, obediente.

Jacoba la inspeccionó.

–Estás hermosa. Rafiq se desmayará cuando te vea.

–No lo creo... Como mucho se quedará alucinado –dijo Lexie.

Jacoba miró el reloj y comentó:

–Tenemos exactamente tres horas hasta que mi hijo tenga la próxima toma –examinó la tiara de los Considine–. Esto pesa una tonelada, pero vale la pena.

–Todo vale la pena por Rafiq –contestó Lexie, y se marchó a la otra habitación, donde el príncipe Marco, su cuñado y primo lejano, la esperaba para darle en matrimonio en la ceremonia.

Mucho más tarde, en un pabellón que daba al lago, Lexie estaba mirando a su marido.

–Ven aquí –dijo Rafiq–. ¿Te he dicho lo maravillosa que estabas en la catedral, viniendo hacia mí?

Ella sonrió.

Desde su llegada a Moraze no habían hecho el amor, y el tiempo que habían estado apartados el uno del otro había aumentado el deseo.

–No hasta ahora –contestó.

Ella agarró la cara de Rafiq y vio el brillo de deseo en sus ojos y supo con certeza que aquél era el principio de un largo futuro juntos.

–Te amo –dijo ella, apoyando su frente en el pecho de Rafiq.

–Yo también te amo, con toda mi alma, para toda la eternidad.

Entonces Rafiq la besó. Y a ella se le borró todo pensamiento excepto su futuro a su lado en Moraze.

–Al este de Zanzíbar –murmuró Lexie–. Allí todo

es posible, hasta algo tan romántico como encontrar el alma gemela. Yo no esperaba que sucediera.

–Pero sucedió –respondió él con satisfacción.

Juntos caminaron de la mano hacia un futuro tan brillante como los diamantes del nuevo país de Lexie, el país que guardaba su corazón.